쩌억

응애

스토리텔러 팻두의
틀에서 깨어나기

초판 1쇄 인쇄일 2015년 12월 18일
초판 1쇄 발행일 2015년 12월 25일

지은이 팻두(이두환)
펴낸이 양옥매
디자인 팻두
교   정 조준경

펴낸곳 도서출판 책과나무
출판등록 제2012-000376
주소 서울특별시 마포구 월드컵북로 44길 37 천지빌딩 3층
대표전화 02.372.1537 팩스 02.372.1538
이메일 booknamu2007@naver.com
홈페이지 www.booknamu.com
ISBN 979-11-5776-132-6(03810)

이 도서의 국립중앙도서관 출판시도서목록(CIP)은
서지정보유통지원 시스템 홈페이지(http://seoji.nl.go.kr)와
국가자료공동목록시스템 (http://www.nl.go.kr/kolisnet)에서 이용하실 수 있습니다.
(CIP제어번호 : CIP2015034179)

스토리텔러 팻두의

틀에서 깨어나기

인사말

안녕하세요! 스토리텔링 음악을 하고 있는 팻두(fatdoo)입니다!

우와 저의 그림과 글을 담은 책이 출간되었네요 :) 어릴 때부터 그림 그리는 걸 좋아했습니다.

하지만 성격이 급해서 따라 그리기나 정밀 묘사는 항상 실패했는데요. 덕분에 막 그리다보니

특이한 팻두만의 그림 스타일이 탄생하게 되었습니다. 20대 초반까지는 그림을 그려서 좋아

하는 친구들에게 선물해주곤 했는데 그 이후엔 사인할 때 빼고는 딱히 제대로 그림을 그려본

적이 없네요. 근데 몇 개월 전!! (두둥)

음악에 대한 고민과 미래에 대한 불안감이 유난히 커지던 그때, 종이를 꺼내고 펜을 들었습니다. '좋아 제대로 그려보자!'마음을 가라앉히고 그림을 그리기 시작했습니다. 이 책은 그

그림에 대한 기록입니다. 새로운 도전과 용기에 대한 기록이죠 !! 이제 주방에 가서 주스 한잔

따라오세요. 부족한 그림 실력에 대한 목마름은 주스로 대신하세요. (뻔뻔하다 ≧▽≦)

그럼, 팻두의 그림 스토리텔링 북! 지금부터 시작합니다! 출발~!

- 이두환 / 팻두 -

목차

우주에서 태어나 우주에서
살았다. 어떤 인간은 우주가
영혼들의 무덤이라 말한다.
하지만 우리 외계인들은 그 반대
로 생각하고 있었다. 지구라는 저
푸른 별이 천국이라 믿고 있었다.
그곳을 향해 기도를 드리고 종교를
가졌고 신의 탄생지라 믿었다.
하지만 외계 능력이 발달하고 인간의
존재를 알게 된 뒤 우리는 큰 충격과
좌절감에 빠졌다. 신은 어딨는 걸까.
천국은 존재하는 걸까. 죽는다는 게
뭘까.. 너무 궁금하다. 도대체
우리는 죽으면

억지로 잘자

께
헤
헤

지구에서 태어나 지구에서
살았다. 사람들은 우주에 외계인이
존재한다고 믿는다. 하지만 내
생각엔 그 암흑 같은 어둠 속은
영혼들의 무덤이다. 사람이 죽어서
가는 지옥 말이다. 산소도 없고
너무 어두워서 외계인들이 살 수
있을 것 같지 않다. 아닌가.. 물고기
처럼 외계에서도 호흡하는 생명체가
있는걸까. 그러면 천국은 어디 있는 걸까.
어제 엄마 심부름으로 당근 2개를
사왔다. 엄마는 내 머리를 쓰다듬으며
넌 나중에 천국에 갈거라고 하셨다.
천국은 존재하는 걸까. 죽는다는 게
뭘까.. 너무 궁금하다. 도대체
우리는 죽으면

서울 구로구 ..

목성 토리꼬리구 ..

외계인은

천국에

소년은

가보기로 했다.

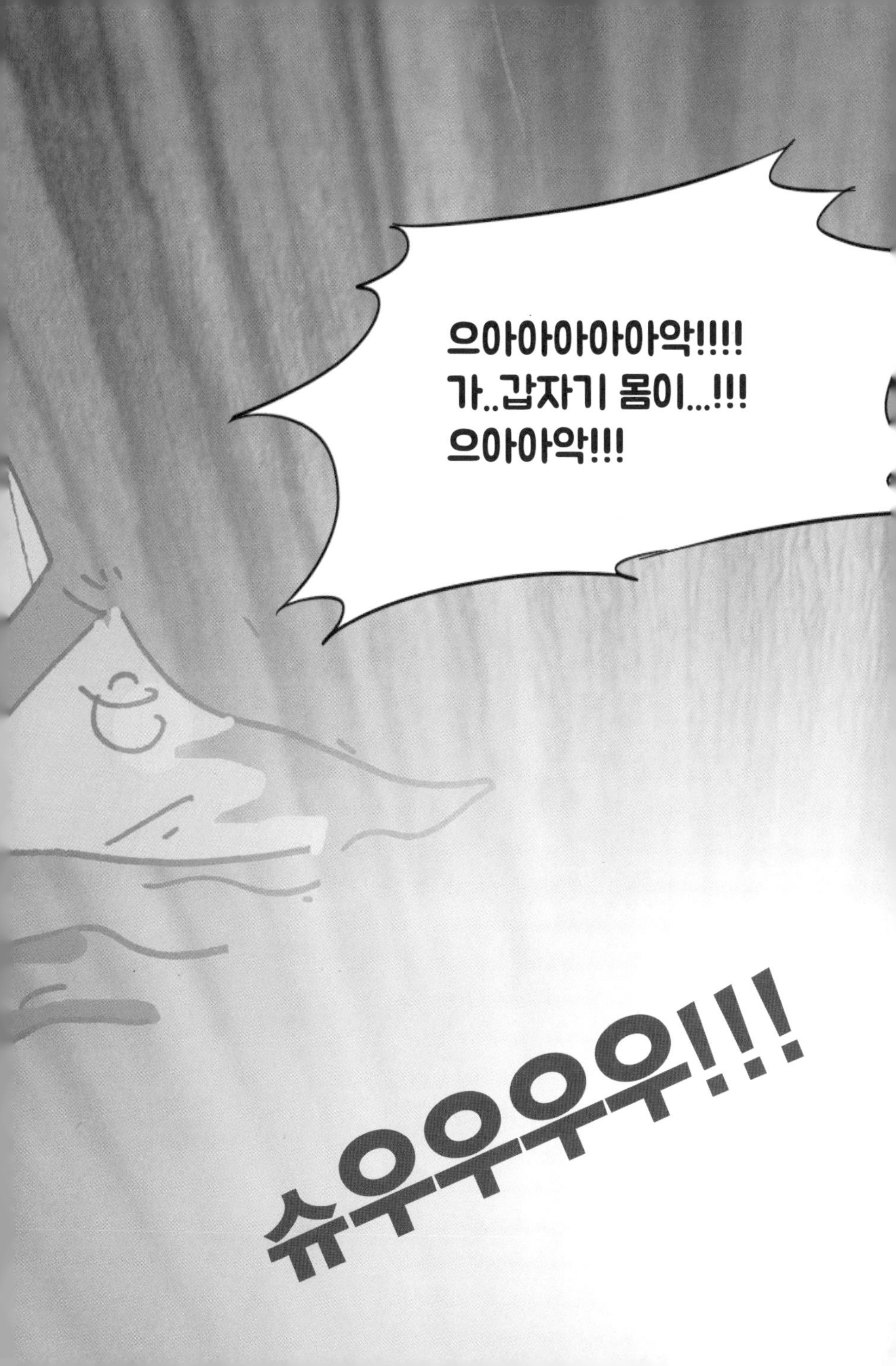

으아아아아아악!!!!
가..갑자기 몸이...!!!
으아아악!!!
슈우우우!!!

"팻두박사
인사드립니다"

안녕하세요. **팻두박사** 입니다.

제가 인간이 건드려서는 안될 연구를 시작해 결국 성공했습니다. 캬캬캬 바로 뇌를 꺼내서 염색하는 것이지요. 전 제 뇌가 보라색 이었으면 좋겠다고 생각했거든요. 결국 꿈을 이루었죠.

아 물론 뇌의 일부분을 조작해 천재가 될 수도 있고 마법을 쓸 수도 있게 변형시킬 수 있습니다. 해리포터가 실존하고 국민 모두가 아인슈타인이 될 수 있는 시대가 열린 거죠. 이 연구로 인해 가장 좋은건 술을 마시지 않아도 마신 것처럼 취할 수 있고 담배를 피우지 않아도 피운 것 같은 기분을 느낄 수 있게 할 수 있는 겁니다. 물론 기억을 지우는 것도 가능하죠. 아 나중에 기억을 지워주는 병원도 개업할 생각인데 놀러 오실 꺼죠?

캬캬캬 하지만! 이 연구에는 엄청난 부작용이 있다는 사실! 뇌가 인간의 몸에서 분리되어 있는 동안은 심장이 뇌 역할을 대신하게 되는데 이건 신도 인간을 창조할 때 생각해 본적 없는 경우라 어떤 일이 생길지 아무도 예상 못한다는 거죠. 설령 4차원의 세상에서 누군가 제 뇌로 들어오는 말도 안 되는 일이 생길 수도 있다는거? 캬캬캬 설마 그런 일이 생길라구요 캬캬 아 근데 왜 갑자기

뇌가 간지럽지? 긁적 긁적 냠냠

글, 그림 ∣ 이두환 / 팻두

출판 ∣ 책과 나무

발매 ∣ 크리스마스 열기로

서서히 달아오를 때

그때 즈음

자자~~ 그림을 시작합시다!! 오늘은 말을 그려보도록 하죠! 이렇게 해서 이렇게 영차 영차 영차.. 히히힝.. 예쁘게 말을 그려줌... .. ??? ???????????? ...??????? 음..? ???? ??

음?? 이게 뭐죠?? 전 분명 말을 그렸는데 이상한 녀석들이 그려졌네요? 제 머리가 어떻게 된 거 아닐까요?? 이 녀석들은 대체 뭐죠??

누구 아시는 분?????

소년과 외계인의 침투로 인해 팻두 박사의 뇌에 이상이 생겼습니다.
앞으로 팻두 박사가 그리는 모든 그림에 소년 or 외계인이 숨어 있을거예요!
모든 그림에서 소년이나 외계인을 찾아보세요!
(양쪽 페이지 (2p) 중 한 곳에만 숨어 있습니다!)

"소년과 외계인을 찾아라 !"

CHAPTER 1
그림의 시작

"거인이 되어버린 팻두"

2015. 7. 31 그림의 시작

그림을 그리기 시작했다! 상당히 매력있다! 받아온 타블렛은 끄적끄적거리다가 구석에 밀어놨다. 감도 없고
방법도 모르겠고 그냥 손으로 그려서 스캐너에 얹었다. 근데 스캐너가 구린건지 사이즈를 최대로 스캔해도
너무 작게 스캔된다. 드럼 스캔이라고 충무로 같은 데서 크~게 해주는 게 있다고 들었는데 하나하나 다 드럼
스캔을 할 수도 없는 노릇이고 사실 뭐가 뭔지도 잘 모르겠고 . . 공부 좀 해야겠다! 인터넷 검색 결과! 사이툴
이라는 프로그램으로 그림을 그리는 분들이 많다는 걸 알게 되었음! 그래서 체험판을 다운 받아서 열심히 채
색해봤다! 오 포토샵이랑 비슷한거 같다. 페인트 툴로 툭툭 찍으니 색이 샤샤삭 나타난다. 우아 신기하다.
뭔가 엄청 잘하는 기분이다. 근데 명암은 어떻게 넣지? 만화나 그림을 보면 명암표현이 너무 멋있어 보였다.
어떻게 하는거지?? 그냥 슥삭 슥삭 해보자 영차 영차.. 음 약간 엉망이 되었다. 자.. 공부를 더 해보자. 근데
너무 재밌다!!!! 열심히 그려서 나중에 책을 내야지! 할 수 있을까? 이 허무맹랑한 꿈을 이룰 수 있을까?

"숲속 전쟁"

" 빨리 숲을 점령하자! 여기에 아파트 지어야 돼!!"

"시간이 얼마 없다"

"아들 꼭 찾아오렴 곰아
앞에 있는 순대의 짜릿한 냄
새로 적을 유인한 뒤 십자가
로 눈을 부시게 하고 뒤에 있
는 포크로 괴물의 눈을 찌른
후 숟가락으로 눈깔을 파내어
상자에 담아오너라"

2015. 8. 1 아들아 기다려곰

부드럽지 않고 살짝 무거운 느낌의 펜을 골라 천천히 아주 천천히 그리기 시작했다 (GELLY ROLL Extra Fine)
제목은 뒤늦게 지었다 뭔가 컬러를 다 넣어 보니 아들을 찾으러 가는 아빠곰 같아 보였다. 저 동물 앞에 있는건
분명 순대가 아니라 빗줄?--; 이었는데 이 그림을 본 누군가가 순대는 왜 있어? 라고 해서.. 그냥.. 어.. 어..
괴물 유인할려구. 로 마무리 짓고 순대가 되어버렸다. ※ 배경은 "문준아"양이 파스텔로 표현한 하늘입니다.

2015. 8. 2 사자와 얼룩말

저 사자는 안 믿겠지만 사자 사진을 보고 그렸다
내 나름 정밀묘사다 마치 살아있는 것 같다
얼룩말도 사진을 보고 그린 건데 좀 실패했다
돼지가 누워서 못 일어나는 느낌이다
초반에 그릴 때는 배경은 흰색으로 두고 사자랑
얼룩말만 색을 입히려고 했는데 페인터 툴을
사용해본 사람은 알겠지만 사자에 페인팅을
했을 때 한 부분이라도 선이 열려있으면 배경까지
다 칠해진다 색을 넣으려고 하는 부분이 있으면
완벽하게 밀폐된 공간을 만들고 페인팅을 해야
그 부분에만 컬러가 입혀진다. 그 부분에서 실패함
털이 많아서 어느 부분이 뚫려있는지 감도 안 오고
찾기도 귀찮아서 그냥 저대로 사자는 배경과
하나가 되게 했다 근데 나름 느낌 있어서 마음에
들었다 억지로 스토리를 넣는다면 너무 배고픈
사자가 친구인 얼룩말을 잡아먹고 무뇌 상태에
빠져 멍 때리는 모습이랄까
마치 자신은 세상에 존재하지 않는 척 배경에
숨어 죄책감을 거부한 체 하나가 된 모습이랄까

아... 미끼라고 분명 파악했는데.. 물어버렸다... 조금만 더 착하게 살걸... 뭐가 그렇게 세상에 불만이 많다고 경찰서를 맨날 왔다 갔다... 짜잘한 범죄지만 전과 7범에 보호감찰 몇 년... 아니 험난한 인생 살면서 인간적으로 그 정도는 있을 수 있지 그렇다고 물고기로 환생을 시키냐... 물고기로... 처음 구름을 뚫고 우주를 지나 천국에 도착했을 때 털 수북한 아저씨가 돌 나무 도미 해마 잠자리 중 하나를 고르라 하셨을 때 그 와중에 또 바닷속이 뭐가 그렇게 궁금하다고 신나서 물고기를 골랐었니... 근데 참 재수도 없지 바다는 커녕 그 낚시터 있잖아 아저씨들이 몇 천원 내고 하는 그 간이 낚시터 거기에 있는 물고기에 영혼이 배치 되가지구... 며칠 째 다른 물고기랑 눈만 마주치고 입만 뻐끔뻐끔 인간들이 언어로 소통하듯 개들이 멍멍 짖듯 물고기들도 뭐가 있을 거라 생각했는데 개뿔 눈 깜빡이는게 다야 지느러미도 내 의지인지 물살에 휩쓸려 그저 살랑거리는지 몰라 감이 없어 그러다가 낚시터 끝까지 가서 벽 보면 뒤돌고 벽 보면 뒤돌고 반복하다 보니 이게 인생인지 뭔지 살은건지 죽은 건지 헷갈리고 차라리 회로 떠지는게 행복한 삶이 아닐까.. 목숨을 담보로 건 상상을 한다든지... 꽤 이상해졌다... 아이구 내 팔자야 물면 안된다는거 분명 머리로는 알았 는데 아... 근데 환생의 기회는 몇번인거지... 한 번만 더 주시지... 다음 생에는 욕심 안 부리고 나무로 태어 나서 경치나 구경하면서 살고 싶다... 아... 인간일때 착하게 살걸... 인간일 때 마음 이쁘게 쓸걸... 베르나르 베르베르 책 중 〈타나토노트〉를 군대에서 정독했을 때 상상력이 엄청나다고 넘겼던 이야기가 정말 실제였다니... 인간의 생이 그저 후생을 위한 점수따기였다는걸.. 진작 알았더라면... 매일매일 더 웃고 열심히 살고 사람들에게 잘했을텐데... 그러면 개나 고양이로 태어날 수 있었을 텐데... 휴 무섭다 앞으로 어떻게 될까. 난

– 물고기의 환생 –

2015. 8. 3 앞으로 앞으로

처음엔 저 강아지만 그릴 예정이었다. 일러스트 연습장 〈동물 그리기〉 라는 책에서 강아지 포즈를 따라 그리다가 그려진 녀석인데 뭔가 생각보다 귀엽게 그려져서 뒤에 다른 동물들을 그려보자! 하고

그린 게 이렇게 완성됐다. 포즈는 최대한 똑같이 했고 특히 저 앞 발차기 하는 듯한 왼쪽 발바닥은 손으로 만지면 푹신푹신한 느낌이 나도록 그리고 싶었는데 그냥 개발바닥 느낌-_- 이 돼버렸멍멍

사자는 아주 이쁘게 잘 그려진 것 같다. 마음에 든다! 인간은 다리가 너무 짧게 그려졌다. 이래서 스케치가 필요한건가... 스케치는 내게 너무 귀찮은 작업이다. 한번에 숙숙 그리는게 더 재밌다.

부디 저 짧은 다리가 부족한 실력이 아니라 "독특한 그림" 으로 보여지길 .. -_-a 안돼! 우기지마! 연습하자! 그래서 이 책의 마지막엔 모두들 "우와 엄청 늘었다 ! 신기하다! 나도 해보자!" 라는 생각이

들 수 있게! 달리자~~ 아 근데 사자 보면 볼수록 귀엽네 끄집어서 키우고 싶다. 이리 나오렴

2015. 8. 6 생각하는 새

노란 나무를 보면 맨 위쪽에 34라고 쓰여있는데 그건 현재 2015년 팻두의 나이. 새는 아마도 이두환 나 자신을 표현한 것 같다. 인생, 미래, 사랑, 돈, 여행 등등 다양한 것을 동시에 욕망하는 욕심 많은 새.

하고 싶은 게 너무나도 많다. 나이는 먹어가고 시간은 흘러가고 몸은 지치고 평생 음악으로 돈을 벌 수 있을까? 여러가지 고민에 시달리는 건 어릴 때나 지금이나 마찬가지다. 그렇다고 하는 일을 멈출 수는

없다. 이런 고민이 나를 움직이게 하고 사람들을 만나 이야기를 하고 각자의 삶을 나누면서 열정을 되살 리고 이런 일상의 반복 속에서 행복을 찾고 그 행복들이 모여 미래에 대한 불안감을 해소 시키는 것 같다.

성공엔 답이 없다. 완벽한 미래를 가진 사람도 없다. 그저 오늘을 열심히 살면서 내일을 기대하고 내일의 나를 상상하면서 몇 년 뒤의 삶에 대한 믿음을 가질 뿐. 그래서 난! 오늘도 열심히 그림을 그리고 글을

쓰고 음악을 만들고 탕수육을 먹고 소통한다. 여러분들도 모두 화이팅! 내일의 나를 위해!

본심 本心

지금 내가 가장 그리운 건 어릴 때의 추억도 스무 살의
패기도 젊음도 아니다. 바로 순수함이다. 나이가 들면서
새로운 경험을 하면서 어릴 때의 환상과는 다른 더럽고
이기적인 세상을 알아가면서 새하얗기만 했던 도화지가
어느새 다양한 경험의 컬러들로 지저분해졌다. 물론 난
지금이 더 좋다. 아무것도 모르던 시절보다는 100배 더.
그래도 사랑만큼은 순수하고 계산 되어지지 않은 하얀
도화지 위에서 하고 싶다. 물 한 방울만 떨어져도 기겁
하고 상처받았던 그 시절.
그리고 그 아픔을 나도 모르게 즐겼던 시간들.
가끔은 나이를 먹는다는 소름 끼치게 싫을 때가 있다.
우리는 매일매일 돌아올 수 없는 강을 건넌다. 돌아갈
방법이 있다면 자기 전에 눈을 감고 그저 과거를 회상
하며 잠드는 것뿐. 그리움. 참으로 아이러니한 단어.

많은 것들은 경험할수록 더 넓은 곳을 바라볼 수 있는
능력이 생기지만 사랑은 그럴수록 계산적이 되어간다.
스무 살 때의 사랑이. 아무것도 계산 되어지지 않은
오로지 사랑 하나만으로 하얗고 순수한 도화지 위에
그림을 그려가던 그 시절이.. 너무나도 그립다.

손으로 종이에 그림을 그리고 스캐너로 스캔을 뜨고 (아니면 스마트폰으로 사진을 찍고) 컴퓨터에 옮겨서 포토샵으로 불러와서 페인터 툴로 채색하는 과정! 정말 어렵지 않아요! 해보세요!

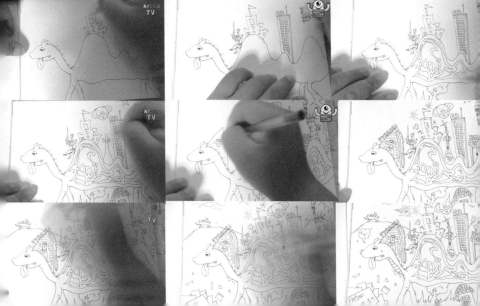

날고 싶었다
그래서 날았다
팔을 벌리고 뛰어내렸다
바람이 차다
여름이 많이 길어졌는데
겨울이 사라지진 않았다
난 옛사랑을 잊었는데
많이 보고싶다
바다를 지나 산을 넘으니
마을이 보인다
아무도 살지 않는 것 같다
허전하다
많지 않아도 좋으니
나를 진심으로 보고
싶어하는 사람이
살았으면 좋겠다
바람이 차다
몸을 돌려 집으로 향했다
집으로 가는 길이 아쉽다
하늘을 나는게 꿈이었는데
지금은 아무리 날아도

외롭다

기찻길 고양이

인간의 손이 닿지 않은 깊은

깊은 숲속에 아기 고양이가 살았다. 아기 고양이는 매일이 너무 지루했다. 사과 따먹고 원숭이 패고 비버타고 돌아다니는... 항상 똑같은 일상의 연속이었다. 그래서 발을 들여서는 안 될 금단의 땅에 발을 들인다!! 바로 인간의 땅. 그곳에서 고양이는 기찻길을 발견하게 된다. "우아.. 이게 뭐지??" 한참을 고민하던 고양이는 헤어볼을 토해서 공처럼 만들었다. (헤어볼 ※고양이가 털을 손질하면서 삼킨 털이 몸속에 쌓여 이룬 단단한 털뭉치) 그리고 툭툭 치면서 앞으로 나아갔다. 냐옹냐옹 재밌댜 냐아옹

홍대 "비러스윗 사운드" 카페

에서 그린 그림이다. (마포구 서교동 400-2) 연습장에 그림을
그리기 시작한 후 카페에서 그림은 그린 건 처음! 항상 집에서
그리다가 밖에서 그려 보니까 뭔가 좀 더 흥이 나서 디테일하게
그려봐야겠다고 생각한 것 같다. 울타리나 철길의 돌. 저런
귀찮은 건 잘 안해봤는데 그려 놓으니 뭔가 있어 보인다. 처음엔
고양이가 실을 가지고 노는 걸 그리려고 했는데 포즈도 이상하게
되고 실도 표현이 잘 안돼서 힘이 빠져가고 있었는데 쥐를 죽이
면서 피 채움. 뭔가 퍽퍽 찔리고 그런 그림은 쉽게 잘 그려진다.
그렇다고 호러 매니아거나 고어물을 좋아하는 건 아니다.
(잔인한 영화 제일 싫어함. 소녀처럼 눈 가리고 봄..)

입체감 아이템 습득 !!!

신세계를 맛보았다 철길을 저렇게 그리면 입체감이 산다는 것을!!! 이런 기초적인 것도 모르고
그림을 그리고 있다니 ㅠ 개좌절감!!!! 하지만 일부러 저렇게 표현한거 같다는 친구 말에 에헤헤
....마.. 맞아 헤헤헤.. -_- 아무튼 입체감을 알려주신 타이미쌤 감샤ㅎ (타이미 손임 ㅋㅋ)

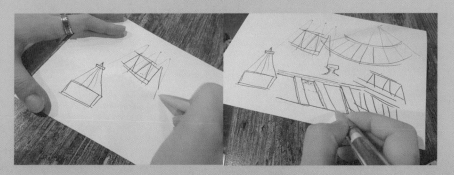

共

まず私の日本語は完璧ではない。留学も行ってきたし研究も数年したが漢字とかカタカナ
もかなり不足だ。(間違った日本語があっても理解してください。^ ^)この図のタイトルは
「共存」である。人間も動物もE．Tも一緒に生きていく世の中に対して表現した。図を完成
してみたら背景が実写なら素敵られませんかという考えに写真を入れた。写真は「春川」
で撮影された谷の写真。思ったよりよく似合ってよっかた！日本語で書いた理由は、何か
日本語がもっと似合うみたいな感じ？　日本の雑誌のような感じを与えたかった。
私は気に入った！

存

"우선 내 일본어는 완벽하지 않다. 유학도 갔다왔고 공부도 몇 년 했지만 한자나 가타카나조차 너무 부족하다. 틀린 일본어가 있어도 이해해 주세요.:) 이 그림의 제목은 "공존" 이다. 인간도 동물도 E.T도 함께 살아가는 세상에 대해 표현했다. 그림을 완성하고 보니까 배경이 실사라면 멋지지 않을까 싶어 사진을 넣었다. 사진은 춘천에서 찍은 것. 생각보다 잘 어울리는 것 같아서 좋다. 일본 잡지 같은 느낌을 주고 싶어 일본어로 써봤다. 마음에 든다"

외 때

그래도 ㅈ

ㅍ　　　다

ㅐ 는 싫다

첫 연애를 잘해라
사람은 물든다
옷에 묻은 얼룩이라면
빨아버리면 그만이지만
아쉽게도 사람은
종이에 가깝다
물들면 변하기 쉽지 않다
하나하나 경험해가며
어른이 된다고는 하지만
그러기엔 세상에 너무
더러운 것들이 많다
첫 연애를 잘해라
이성과 사랑이란 감정을
처음 공유할 땐 종이가
기름종이가 된다
모든 게 흡수되어 젖는다
올바른 생각을 가지고
올바른 행동을 하는
사람을 만나라
불륜으로 시작하면
불륜으로 끝날 확률이 높다
니 의지든 아니든
본능이 그렇게 작용한다
정말 신중하게 잘

만나라

캥거루 엄마

2024년. 동물과의 융합이 성공했다.
다양한 대기업에서 다양한 동물과의 콜라보를 진행했다.

삼성에서는 치타와 사자를 주력 상품으로, 소니에서는 날개를 가진 동물과의 융합을
집중 연구 했고 애플에서는 바다에 사는 생물에 대해 연구했다. 말 그대로 인간과 동물의
경계가 사라지는, 원하는 모든 능력을 얻을 수 있는 시대가 온 것이다.
물론 단순 세포의 융합이 아닌 실제 동물의 신체 일부를 절단해 인간의 육체와 결합하는
연구이다 보니 다소 징그럽고 거부감이 드는 것도 사실이었다. 종교적으로나 심리적으로
이 연구에 반대하는 사람들은 상당수 존재했다. 그 중 일부는 "진짜 인간만 사는 세상"
이라는 마을 단지를 만들어 그 안에서 모든 걸 해결하며 일체 밖으로 나오지 않았다.
그 와중에 한 중소기업에서 엄청난 상품을 발표했다. 바로 "캥거루 인간"

위험한 세상에 살아가는 아이들을 13~14세까지 엄마의 품 안에서 보호하자는 차원에서
개발 된 융합상품이었다. 그 상품 자체가 부모의 마음을 대변했다. 인터넷이 발달하고 온갖
폭력적이고 선정적인 것들에 노출되어 친구들을 왕따시키고 살인을 음모, 담배와 마약에
물들고 성교육이 무색하게 섹스에 대한 개념이 사라진 아이들. 아이들이 접하는 세상과
그것을 받아들여야 하는 부모들의 자세는 당연히 타협되지 않았고 그 누구도 인정하지
않았다. 그저 아무것도 모르는 아이들은 "왜 이게 안 되는 거예요?"라는 질문만 반복했다.

부모들은 자기 자식을 지켜야 한다는 명목 아니 어쩌면 마지막 희망으로 캥거루의 몸과 융합
하기 시작했다. 아이들에게 강한 동물을 융합시켜 스스로 몸을 지키게 하고 싶었지만 세포의
성장이 완벽하게 멈추는 만 25세 전에는 동물과의 융합이 금지되어 있기에 어쩔 수 없이
부모들이 자신의 몸을 희생했다.

캥거루 배에서 자란 아이들은 쉽게 길들여졌다. 밖에 나서는 걸 두려워했으며 부모와 학교는
물론 여자친구와 데이트도 놀이동산도 함께 다녔다. 한 어머니의 인터뷰를 들어보았다.

"처음에는 제 몸이 캥거루가 된다는 게 너무 소름 끼치고 두려웠어요. 하지만 이 험한 세상에
아이를 혼자 두느니 제 품에서 구속하는 게 맞다고 생각했죠. 세상이 미쳤어요. 범죄자의 30%가
미성년자이고 성범죄가 매년 300%씩 늘고 있는데 법은 그대로예요. 제 아이가 어느 정도 자라면
전 위험을 각오하고 재수술을 할 생각입니다. 이번에 삼성에서 개발한 신상 치타로요. 그래서
범죄자들을 처벌하고 다닐 거예요. 특히 말과 융합해 성범죄를 저지르고 다니는 미친놈들을
잡아서 가난한 사람들에게 말고기를 제공할겁니다. 세상이 어찌 되어가고 있는지... 쯧쯧...
동물과의 융합이라. 혼란스러워 할 여유라도 있었으면 좋겠네요. 힘들고 지치네요."

그들은 시대에 맞춰 진화하고 있다. 겉모습도 마음가짐도 적대심도.
이건 타인이나 혹은 다른 세상의 이야기가 아닌 지금 현실, 우리들의 이야기이다.

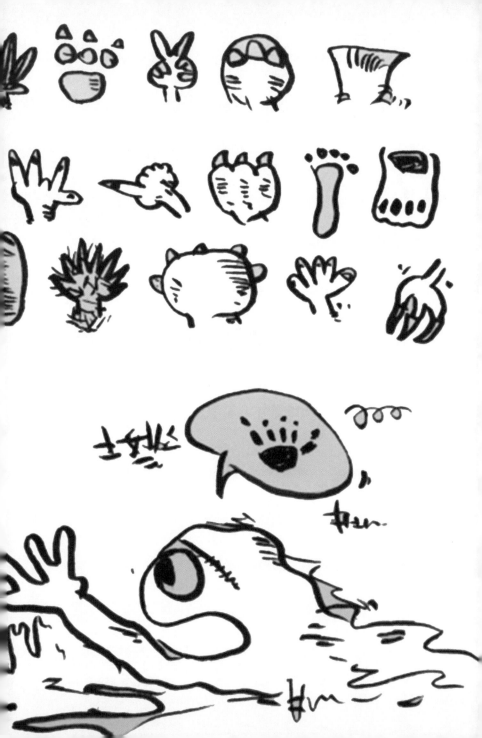

2015

2015. 8. 11 물 공포증

난 물이 무섭다. 물에 빠져 죽을뻔한 적이 3번 있는데 첫 번째는 초딩 때 수영장.
물에 빠져 허우적대는데 아무도 나한테 신경을 안 썼다. 죽을 힘을 다 해서 파닥이고 있었는데 다행히
앞에 친구가 지나가서 그 친구 옷과 머리를 움켜잡고 겨우 빠져나온 기억. 두 번째는 친구 동영이랑
래프팅을 갔다가 역류에 휘말려 배가 뒤집혔다. 그때는 정말 생각만 해도 끔찍하다. 강에 물이 불어서
"오늘은 운영 안합니다" 라고 공지를 띄울 정도로 위험한 상황이었는데 갑자기 괜찮을 것 같다며 A,B,C
코스를 다 태워주겠다고 했다. (원래 세 코스 중 하나만 타는 거임. A가 가장 고난이도 코스) 혹시나 했
는데 역시나. 잔잔한 C코스를 지나 B코스에 진입하려는 순간 엄청난 역류에 휘말렸다. 큰 파도 안에
휩쓸려 떠내려가는 기분이었다. 물에 빠져 허우적대다가 뒤집어진 배 옆에 달린 손잡이를 움켜잡고
겨우 매달려 있었다. 어푸.. 차분하게 물살에 몸을 맡겨 떠내려가는 사람들도 있었고 나처럼 배 옆에
매달려 겁에 질린 사람들도 있었다. 결국 잡고 있던 배도 물살에 떠내려가고 나와 어떤 누나 두 명은
중간에 있는 작은 돌 위에 겨우 서 있었다. 발 아래는 지옥이었다. 콸콸 폭포 흐르듯 쏟아져 내리는 물살
이 아직도 기억난다. 1-2분 기다렸나 근육맨 2-3명이 우리에서 소리쳤다. "이쪽으로 점프해!!! 겁먹지
말고 뛰어!" 누나들은 성공. 그때의 공포가 아직도 생생하다. 조금이라도 잘못 점프하면 바로 급류에 떠내
려가는 (구명조끼를 입고 있었지만 수영을 못하는 나한테는 죽음이나 다름 없었다.) 그 상황에서 망설일

II
2015. 9

물 고포증인 나에게는 이쪽 컬러가 더 잘 어울릴듯... 그냥 흑백 세상이다

수 조차 없었다. 그냥 아무 생각 안하고 뛰었다! 근육맨의 팔을 잡고 한번 쭈욱 미끄러졌지만 근육맨이 엄청난 힘으로 내 팔목을 잡았다. 그 뒤로는 기억도 안 난다. 누나들이 너무 감사하다며 근육맨들한테 하트하트를 보내는 모습만 얼핏 기억날 뿐. 정말 지옥에서 살아났다. 그 뒤로 물 공포증이 제대로 생긴 듯하다. 세 번째는 계곡에서 걸어가다가 갑자기 발이 안 닿는 곳이 있어서 친구를 끌어당겨 겨우 살아날 수 있었던.. 정말 무섭다. 발이 닿는 어린이 수영장 정도는 좋다. 하지만 발이 안 닿는 그 공포는 상상만으로도 소름이 돋는다.. 그러던 이 그림을 그린 그날.
석현이, 만제, 성인이와 춘천에 갔다가 바나나보트 따위를 타자는 대화를 나눴다.. 난 도저히 못타겠다고 선언. 그래도 뭔가 이겨내고 싶은 맘에 디스코 팡팡이란 녀석을 탔다. 죽는 줄 알았다...
나에게 그 강은 떨어지면 죽는 지옥의 늪이다. 좀비들이 날 찢어 먹으려고 손을 허우적 대고 있는.
난 빠지지 않으려고 인간이 쓸 수 있는 모든 근육을 활용했다. 아직도 팔이 아프다...
아... 물... 수영 배워야겠다. 이러다 정말 물이 무서워서 샤워도 못 할듯...

팻두 단편 만화

캠프파이어

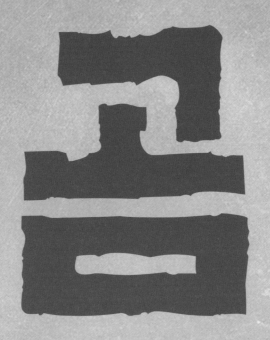

글 팻두
그림 팻두

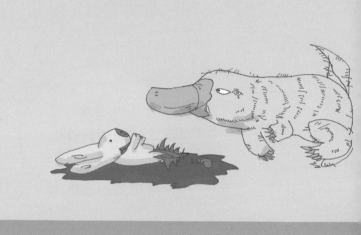

CHAPTER 2
슬슬 감이 온다

소년과 외계인은 어딘지도 모르는 곳에서 험난한 곳을 여행했다. 서로 인사를 나눌 여유도 없이 산전수전을 다 겪은 소년과 외계인은....

베끄 가 되었다...

안녕!!
난 치즈라고
해!! 근데 여긴
어디니????

소년

외계인

치즈

※ 박사의 뇌에 치즈가 침투했다. 앞으로는 치즈도 함께
찾아주세요! (양쪽 페이지 2p 기준으로 소년, 외계인,
치즈 중 하나가 숨어 있습니다. 잘 찾아보세요!)

사진 위에 그림 그리기

오 재밌다. 사진 위에 그림 그리는 작가들 보면 항상 신기하고 멋져 보였는데 이렇게 해보니까
진짜 재밌다. 그림도 더 돋보이고 평소 때 관심 없던 사진에 정도 붙일 수도 있고 재해석도 되고
일석 삼조! 오늘도 팻두는 1 레벨업 했다! 띠로롱~

제주도에서 찍은 사진이예요! 너무너무 좋았던 리조트!
다음에 꼭 다시 가보고 싶은 곳! (어딘지 까먹은게 함정)

오사카 유니버설 스튜디오에서 찍은 사진이랍니다!
해리포터 좋아하시는 분은.. 꼭 가보세요!
정말 감동 x 1000000 .. 낮과 밤 둘 다 꼭 가보세요!
분위기가 완전 다르답니다!

아쉽게 이번 생에 나의 친구가 되지 못한 녀석

그래 맞다. 난 소주를 마시지 못한다. 이게 마시지 못하는 건지 마신 적이 없어서 모르는 건지 잘 모르겠지만 아무튼 마시지 못한다(O) 마시지 않는다(O) 둘 다 맞는 것 같다. 사람들이 물어본다. 왜 술을 마시지 않냐고 엄청 많이 마시게 생겼다고. 안타깝게도 난 술을 마시지 못한다. 첫 번째로 너무 쓰다. 마시다 보면 괜찮아진다고 하지만 그래도 너무너무 쓰고 쓰다. 그 쓴맛을 지나면 경험해 보지 못한 세상이 펼쳐진다고 하지만 나에겐 그 세상이 두렵다. 아이폰을 잃어버릴지도 지갑을 잃어버릴지도 싸우거나 다칠 수도 있고 맘에도 없는 여자한테 찝쩍거릴 수도 있고 두려운 게 한두 가지가 아니다. 그리고 내 술 버릇을 알고 싶지도 않다.

그리고 두 번째로 20살 때 술자리에서 충격을 먹은 적이 있다. 친했던 친구들이 갑자기 술에 취해 싸우거나 멀쩡하고 착했던 여자가 갑자기 널부러지고 남자들한테 앵기고 남자들은 그런 여자들을 데리고 나가고... 그때 경험은 정말 엄청난 충격이었다. 물론 지금의 나는 그런 기회가 오기만을(??) 농담; 어쨌든 난 제정신이 아닐 때 내가 행하는 어떤 짓이나 타인이 나에게 행할지 모르는 모든 짓들이 싫고 무섭다. 아까 말했듯이 예를 들면 뭔가를 잃어버리거나 카드를 막 긁어버린다거나 하는? 아 물론 이 모든 이야기는 만취했을 때의 이야기이다. 적당히 컨트롤하면서 마시면 정말 기분 좋게 술을 즐길 수 있다고 하지만 뭐 어쨌든 쓰다. 더럽게 쓰다. 이래저래 다양한 각도에서 "왜 넌 술을 마시지 않니" 라는 질문이 돌아와도 다양하게 공격을 받아칠 수 있을 정도로 여러 가지 핑계를 가지고 있다. 토하는 기분도 싫어하고 토하다가 목구멍이 막혀? 죽을 것 같기도 하고; 뭐야 뭐 이렇게 무서운게 많아. 아무튼... 싫다. 그래도 이런 나를 이해해주고 안주만 엄청나게 처먹어도 이해해주는 친구들 알러뷰 (결론 훈훈)

소주야 다음 생에는 꼭 친구로 태어나자 !

"술에 지는 여자"

아이구 생각만 해도 시르다. 새벽에 홍대에 나가면 저런 포즈의 여성들이 말린 오징어처럼 널부러져 있는 모습을 볼 수 있다. 남자들이 업고 가는건 뭐 그렇다 치자. 친구일 수도 있고 남친일 수도 있으니. 근데 혼자 널부러져 있는 여자는 뭐냐 대체. 친구가 버린건가 아니면 그냥 대책없이 배째라 마신건가.. 아니면 남자들이 업고 가기 전 단계인건가.. 그 여자가 내 여자친구이거나 내 친구라고 생각한다면 진짜 빰을 후려치고 싶을 정도이다. 세상이 얼마나 위험한데 길바닥에서 뻗다니.. 가끔 어떤 여자들은 말한다. 만취하는 내가 잘못한게 아니라 날 덮치려고 하는 남자들이 범죄자고 미친놈이라고.. 암 물론 그렇고 말고. 그 말이 백번 천번 맞는데 그런 짐승들이 득실대는 세상이기에 스스로를 더 관리하고 지켜야 한다는 말이다. 술 조심하자 그놈의 술 진짜 조심하자. 술 때문에 바람나고 술 때문에 음주운전하고 술 때문에 때리고 싸우고 술 때문에 술 때문에 ... ;; 조심하자 남자 여자 다!

그래 술이 나쁜게 아니지 취한 너를 건드리는 놈들이 나쁘지 그렇다고
만취해서 뒹굴면 그 나쁜놈들이 더 나쁜 짓을 할꺼야 항상 조심해 !!

너무 싫다... 내가 다 무섭다....

리락쿠마 그리기

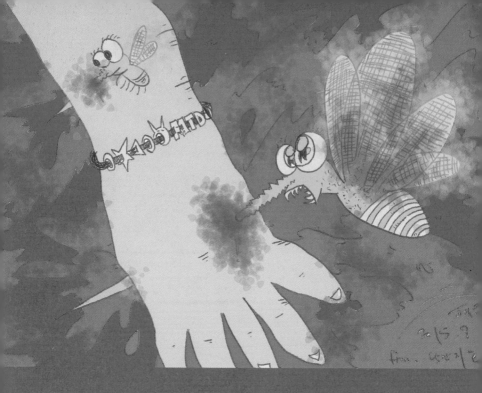

2015. 8 . 11

모기한테 물렸다. 춘천에 있는 게스트하우스에 놀러 갔다가 당했다. 진짜 가렵고 짜증난다. 물려면
피나 얌전히 빨아먹고 갈 것이지 왜 아픔을 남겨두고 떠나는가. 안 그래도 아파할 것들이 수두룩한데
그걸 그렇게 티내고 가야 속이 풀리냐, 그래도 그나마 기분이 괜찮은 건 니 친구를 내가 손바닥으로
쳐서 터뜨려 죽였다는거. 너도 다시 돌아와라 내가 니 얼굴 그 침 다리의 감촉 다 기억한다.
또다시 니가 내 손등에 앉는다면 망설임없이 반대쪽 손바닥으로 니 온몸을 종이처럼 납작하게
만들어 주겠노라. 돌아오너라 모기야 또 다시 아픔만 남겨두고 떠나도 좋으니 돌아와라 눈을 보고
얘기하고 끝장을 내자 도망은 비겁한 행동이다. 돌아오너라 모기야.

2015. 8. 24

농촌의 미래에 대한 노래를 만들었다. 취업을 걱정하는 한 공무원 준비생에 대한 이야기이다.
그림만 보면 어떤 이야기일지 잘 상상이 되지 않겠지만 이 그림은 사실 팻두가 그린 뮤비의 한
장면!! youtube.com/fatdoostory 에서 음악을 들으며 그림을 감상해보세요!! 아 노래 제목은~?

"농촌의 미래를 바꾼 공무원 준비생"

"개구리는 죽고 싶지 않았다. 그렇다고 멍게 귀신에게 대들고 싶지도 않았다.
공격하고 도망간다 해도 분명 성큼성큼 뒤따라와 우리 집을 박살내고
내 뒷다리를 맛있게 찢어 먹겠지... 뻔뻔한 무표정으로... 휴 어쩌지.."

붓펜을 샀다.

영등포 타임스퀘어에 있는 교보문고에 들렀다.
펜을 둘러보던 중 .. 오호.. 붓펜.. 참으로 흥미롭구나. 하나 골라보자.
5000원! S A I 라는 브랜드의 붓펜인데 내가 뭔지 알리가 없다.
안다 한들 딱히 상관없을듯 싶어서 계산대로 총총총. 그리고 위에 보이는 그림이
바로 S A I 붓펜으로 그린 첫 작품이다! 개구리를 그리고 싶어서 네이버에 검색
하다가 어떤 동화를 보고 얼추 따라 그렸다. 위쪽에는 뭘 그릴까 고민하다가 손
가는대로 그린 그림이 괴물을 만들어 냈다... 뭐지 저게.. .
예쁘지도 무섭지도 않다. 이름을 지어주고 싶은데.. 흠.. 뭐가 나을까.
멍게괴수 어떤가. 좋다! 맘에 든다!

고양이 문어는 친구 문어들과 함께 팻두나라에 들어갔다. 그 곳에는 상상할 수 없는 이야기들이
펼쳐져 있었다. 만화 같기도 하고 동화 같기도 한 가끔은 소름 끼치고 가끔은 지나치게 즐거운 그런
곳이었다. 사실 고양이 문어에게 이 여행은 마지막 여행이었다. 고양이 문어는 이제 35살이 되기
때문이다. 토성에 거주하고 있는 문어들은 다 아는 사실이지만 그들은 35세가 되는 순간부터
노동을 착취 당한다. 그 이후의 삶은 오로지 노동뿐이다. 죽을 때까지. 처음부터 이랬던 건 아니다.
처음엔 문어들의 나이가 만 8세가 되는 해 스스로 미래를 선택할 수 있게 되어 있었다.

1. 34세까지 매달 43000무레(945만원)를 지원한다. 범죄가 아닌 그 어떤 일에 사용되어도
   상관없다. 그리고 35세부터 죽을 때까지 노동을 착취 당한다.

2. 평생 하루에 6시간씩 일을 한다. (휴일 없음, 월급 7500무레(170만원) 나머지 시간은 자유.

3. 45세까지 노동을 착취 당한다. 46세부터 죽을 때까지 매달 43000무레(945만원)이 지원된다.

이렇게 3가지로 나눠져 있었는데 10년 정도 시행한 결과 거의 대부분의 문어들이 1번을 선택했다.
34세까지 개처럼 인생을 즐기다가 35세 때 자살하는 문어들도 전체 문어의 37%나 됐다. 지구의
인간이었다면 분명 취향에 따른 다양한 선택을 했을 텐데 토성의 문어들이 1번에 목메게 된 이유는
아마 토성 고유의 날씨와 생활습관에 있다고 본다. 그 이유는 다음에 다루기로 하고.
뭐 어쨌든 오늘은 고양이 문어의 마지막 여행이다. 그래서 팻두나라에 가서 마음을 풀고 위로를
받고 마지막 사랑을 찾으려고 한다. 고양이 문어에겐 오늘이 너무나도 소중한 날이다. 그 소중한
날을 친구들이 함께 해줘서 너무 행복하다. 친구들은 아직 14살 17살 8살이다. 친구들은 말했다.

"괜찮아 고양이 문어야 죽을때까지 일만 한다고 해서 니 인생이 끝나는건 아니야 그 안에서
즐거움을 찾고 웃음을 찾고 행복을 찾을 수 있을거야 힘내 고양이 문어야"

고양이는 말했다.

"고맙지만 아무 위로가 안돼 너넨 경험도 없을 뿐더러 난 매일 오늘 같고 싶거든"

내 나름의 정밀묘사

홍대에 있는 카페 "비러스윗사운드"에서 친구를 정밀묘사했다. 항상 머릿속에 있는 난잡한 동물들만 그리다가 사물이나 배경을 보고 뭔가를 그리니 관찰력도 생기고 아 이런건 이렇게 표현할 수 있구나 등 여러가지를 배웠다. 하나하나 자세히 보고 최대한 비슷하게 그렸다. 이런 느낌 뭔가 나랑 잘 맞는 기분이다. 연습 하자. 연습!

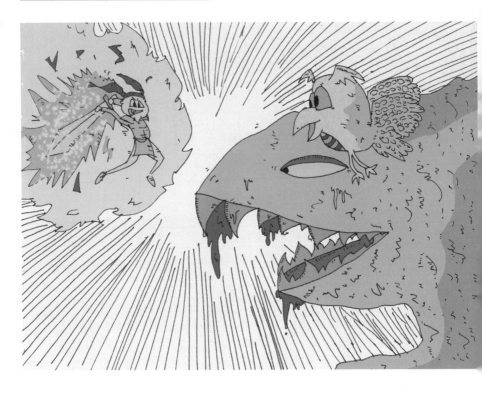

빛의 검을 찾아와 마을의 식량을 쓸어 먹어버리는 저 쓰레기 몬스터를 두동강 내겠습니다!! 그렇게 소녀가 마을을 떠난지 몇년이 지났다. 다들 포기하고 있었다. 살아만 돌아와다오.. "저 몬스터는 다행히 인간을 공격하진 않으니 우리가 식량을 더 충분히 만들어 몬스터에게 주면 마을을 부수거나 하진 않는단다. 아마 저 노란 새같이 생긴 녀석이 저 몬스터를 조종 하는거 같지만 어쩔 방법이 없으니 우리는 복종하며 살아갈 거란다. 그러니 걱정말고 이제 돌아와다오. 빛의 검은 전설일 뿐. 실제로 존재하지 않을 수도 있단다.." 정확히 6년째 되는 어느 여름, 소녀는 돌아왔다. 전설 속의 커다란 빛의 검을 들고. "다녀왔습니다." 소녀는 온 힘을 다해 몬스터에게 달려갔다. 그리고 힘차게 지붕을 차고 뛰어 올랐다.

"지금까지 먹은거 다 뱉어라"

아도도도도겐!!! 콰과과과광콰과과과광콰과과과광콰과과과광콰과과과광콰과과과광콰과과과광콰과
광콰과과과광콰과과과광콰과과과광콰과과과광콰과과과광콰과과과광콰과과과광콰과과과광콰과과과광콰과
콰과과과광두두!!!!!
두두두
두두두두두두두두두두두두두두두두두두두두두두두두두둔두두두두두두두두두두두두두두두두두두두두
두두두두두두두두두두두두두두두두두두두두두두두두두두두두두두두두두두두두두두두!!!!

"두두두두두두콰과과과과콰콰광"

영화관 에서 떠들지 좀 마라 속삭일래면
완전 속삭이든가 대체 뭔 깡으로 그냥
말하듯 말하는거야? —— 글구 앞 좌석
좀 차지마 —— 살짝만 건드려도 앞에선
바위 맞은 기분이다! 다리 꼬을때 살짝
부딪히는 정도야 뭐 그렇다쳐도 계속
툭툭 치는 얘들은 뭐야? 감각이 없어??
팝콘 먹을때도 조심조심 먹으면 되지
와작와작 촵압촵압뒤적뒤적 개매너들아
핸드폰은 진동!! 스킨쉽은 다른데서!
더 조심조심! 남이 그러면 싫어하면서
왜 타인을 위한 배려는 하지 않는거니!!
한번씩만 더 조심해보자!! 자 !
오늘부터 시작!!

이상한 부부

우리 둘이 낳은 아이들이예요

싸이월드를 뒤지다가 4년전에 쓴 글 발견 2011.06.24 / 00:48 / ' 저 힙합 안합니다.. '

요 몇년간 ' 힙합 하는 사람입니다 ' 라고 얘기한 기억이 없다. 나도 물론 힙합이라는 장르를 좋아하고 남들처럼
그 나이때에 마스터플랜 다니면서 쿵짝쿵짝 바운스 타면서 1세대 뮤지션들 앨범사고 좋아하고 그렇게 즐겼다.
그 음악이 좋았고 무대에 서고 싶었고 멋졌지만 나도 나중에 꼭 저런 힙합을 할꺼야 라고 다짐하진 않았다. 내
음악의 뿌리는 다들 말하는 그 '힙합' 이지만 그냥 내가 하고 싶은건 스토리텔링 음악 누군가 전율이 오는 환상적
인 라임을 창조해 낼 때 난 감정 공유 + 가사전달력 100% 를 연구한다. 정통 힙합과는 나아 가려고 하는 방향이
좀 다르다는 거다. 난 이야기 쓰는게 너무 재밌구 내 맘껏 하고 싶은 음악 하면서 사랑받는 내 삶이 좋다. 그러니까
팻두 노래 듣고 ' 이게 힙합인가요? ' 이런 얘기는 이제 그만 . 그냥 눈을 감고 이야기를 상상하며 귀로 보는 영화.
귀로 읽는 소설을 느꼈으면 좋겠다 누군가 날 스토리텔러로 욕한다면 나도 너무 많이 부족하기에 이런 저런 깊은

생각에 빠질지도 모르겠지만 힙합이라는 음악 안에서 날 욕한다면 난 ' 저 힙합 안합니다 ' 라고 말해주고 싶다.
어차피 사람들의 마음을 움직이고 즐겁게 해주는게 음악인데 그 장르가 뭐 그렇게 중요한가？？ 같은 재료가
주어졌다고 꼭 같은 요리만 만들어야 되는가？？ 난 돈을 벌려고 스토리텔링을 하는게 아니다. 어릴때부터
상상 하는걸 좋아했다. 그림으로도 표현하고 글로도 표현하다가 지금은 음악으로 표현하고 있는 것 뿐이다.
음악에는 정의도 없고 기준도 없다고 생각한다. 창조이고 예술이다. 어떤 노래를 듣고 눈물을 흘리고 감정이
흔들렸다면 그 노래는 품에 안고 살아라. 그게 나한테 맞는 음악이다. 음악이란 틀에 짜여져 조립하는 로보트가
아니다. 난 내 음악을 사랑하고 이 인생을 즐긴다. 그리고 학교에서 누가 내 욕한다고 걔네랑 싸우지좀 마라 좀
다 취향이 있는거지. 난 괜찮다. 고맙다. 사랑하는 내 팬들에게 - 팻두 올림 -

악플

악플

2015. 10. 4 기린과 이사가는 날

기린을 데려왔다. 과일을 따러 과수원에 갔는데 길가에 돌아다니고 있던 기린이 갑자기 날 따라왔다. 사과 하나를 던져줬더니 얌얌 맛있게 먹길래 집으로 데려왔다. 불쌍하기도 하고 어미를 잃어버렸는지 며칠 굶었는지 야위고 힘이 하나도 없어 보였다.

그렇게 우리 기린이와 행복한 동거가 시작되는 줄... 알았는데 이럴 수가 아침에 일어나 보니 동네 과수원의 과일을 다 따먹었다. 동네 사람들이 가만 있을리 없다.

기린을 내다 버리던지 여기를 떠나던지 아니면 어마어마한 과일 값을 내놓으란다. 그래도 오랜 세월 함께 한 동네 주민인데 너무 매정한 거 아니냐! 며 속으로만 생각하고... 바로 트럭에 기린이를 실었다. 그리고 무작정 출발했다. 기린이에게는 "우리 이사 가는 거야. 걱정하지 마. 널 버리지 않아" 라고 말했지만 사실 아무 대책이 없었다.

이제 어디로 갈까. 이제 기린이를 어찌 해야 할까. 여러분이라면 살아온 터전을 버리면서 까지 기린을 키울 수 있나요. 전 대체 어쩌면 좋을까요. 어? 근데 저 앞에 .. 뭐지??

VOLCANIC ERUPTIONS

화산폭발! 근데.. 이사 가던 기린이 왜
저기 있지.. ?? 주인은 어디 있지??

신은 외모지상주의를 바꾸려 앞으로
외모만 보고 사랑에 빠지는 남자들의
시력을 빼앗는다고 선언했다. 정확히
일주일 뒤 전세계의 92.4%의
남자가 시력을 잃었다.

남자들은 일주일만 기회를 달라고 애원했다.
마음만으로 여자를 사랑할 수 있다고 확신
했다. 신은 일주일의 시간을 줬다. 대신 일주
일간 변화가 없는 남자는 영원히 병아리로
만들어 버린다고 말했다. 일주일 뒤 전세계의
92.4%의 남자가 병아리가 됐다. 끝 삐약

다이어트 중이다

하루 종일 아무것도 안 먹었다

와 대단하다 비록 오후 3시에 일어나긴 했지만 그래도
밤 12시까지 우유랑 물, 귤 2개로 버텼다니.. 이대로
며칠만 해보자! 나이도 있고 건강도 신경 써야된다.
다이어트 이번에는 성공하자! 근데 몸이 너무 뻐근하다.
하루종일 집에만 있으니 답답하기도 하다. 한 바퀴 돌고
오자. 밖으로 나왔다. 12시가 넘어서 11월11일. 편의점
에는 빼빼로가 잔뜩 쌓여있고 내 맘속엔 외로움이 가득하다.
바람이 생각보다 차다. 슬슬 걷는데 순대국 가게가 보였다.
아 맛있겠다. 라는 생각이 끝나기도 전에 "앗 뜨거워"
입 천장을 댔다. 맛있다. 콜라도 시켰다. 우리 동네 순대국
은 5900원이다. 24시간이다. 다 먹고 나와서 편의점에
들렸다. 한 손엔 오징어칩 한 손엔 초코우유를 들고 오른쪽
팔목엔 흰 우유가 들어있는 비닐봉지를 걸었다.
집으로 걸어가면서 오징어칩을 뜯어 먹으면서 초코우유를
마셨다. 팔목에 걸린 검은 봉지가 대롱대롱 앞뒤로 움직
인다. 집에 도착했다. 아 배불러. 맛있다. TV보다 자야지!

- 순대국밥 -

1등하면 에버랜드 사파리에
들어갈 수 있다! 우리에겐 꿈의
대기업이다! 달리자

연필 과
지우개 같은 친구

장여회 (32)

간단하게 설명하자면 팻두 7집 앨범 자켓을
디자인한 일러스트레이터 겸 동화작가이다.
이 책을 준비하면서 많은 도움을 준 장본인
이며 여쌤이다. (도움을 받을 때만 이렇게
불렀다) 실제와 거의 흡사하게 생겼으며 성격
은 6개월 된 강아지처럼 온순하기 그지없다.
좋은 친구이자 스승이며 존경하는 동화작가인
장여회씨 앞으로도 멋진 그림, 아이들을 위한
동화를 그려주시길.

JANGYEOHOE

to. 여회

FATDO

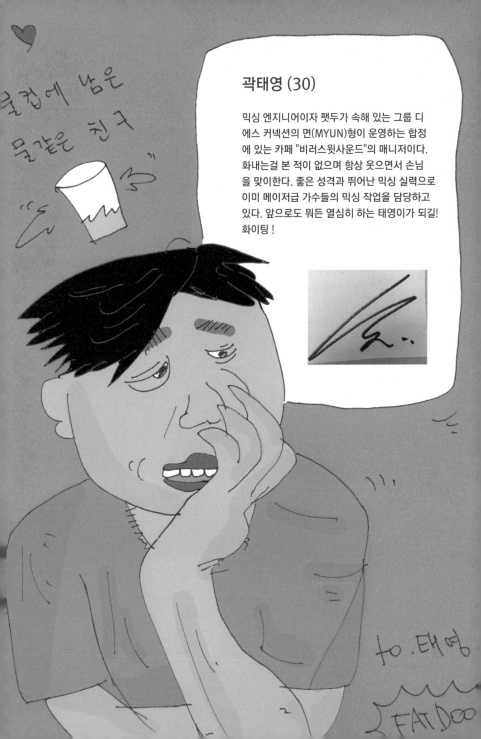

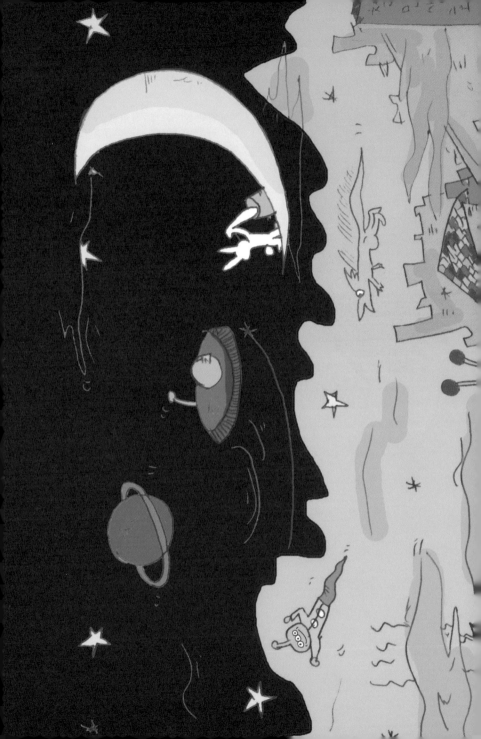

숫자 6의 비밀

항상 그럴듯 아무 생각없이 그렸다.
그림을 그릴땐 내 내면의 모습이 그대로 비춰지는 기분이다. 이 그림은 무슨 의미일까.. 내가 내 그림을 분석해보자.. 음.. 우선 저 주인공처럼 보이는 토토로 짜댕이 생긴 곰? 쥐는 신났다. 뭐가 저리 좋은지 까르르까르르 웃고 있다. 아래에는 친구 토끼가 반대쪽을 향해 조롱하듯 메롱을 하고 있다. 토끼 옆에 있는 병아리도 등을 돌리고 노래를 부르고 있다. 보아하니 반대 쪽에 적이 있는듯 한데 다들 여유가 넘친다. 반면에 반대쪽에 있는 적들은 기회를 노리고 있는 듯 하다. 타조같이 생긴 녀석은 조급해하지 않는다. 아 근데 아래에 있는 자주색 악어는 입 안에 무언가를 물고 있다. 아무래도 뭔가를 사냥한 것 같은데 주인공쪽의 동료는 아니라고 생각된다. 동료였다면 아무리 전투에서 승리를 했다 한들 저렇게 해맑게 웃고 떠들고 있지 않았을 테니까. 왼쪽 위에 있는 핑크색 공룡같이 생긴 녀석 입 안에도 비슷한 동물의 시체가 들어있다. 느낌으로 보면 왼쪽이 무조건 악당인데... 뭐 아닐지도. 자 결론을 내보면.. 나는 아마도 저 토토로 쥐인 것 같다. 저 숫자 6의 의미는 잘 모르겠지만 아마 저 괴물들이 이쪽으로 넘어오지 못하게 만드는 부적이나 결계 뭐 비슷한 거일듯. 아니면 스스로가 두려운 사람들이 다가오지 못하게 만든 가상의 벽? 그 안에서 밝은 척 난 괜찮아 난 이겨낼 수 있어 너네 두렵지 않아! 라고 외치는 토토로 쥐? 다시 보니까 토토로 쥐 주위에 있는 친구들은 다 작아 약해보이고 귀여운 친구들 뿐. 반면에 적들은 다 크고 거대하고 무시무시한 느낌들. 뭐가 그리 두려운거지 뭐가 그리 무서워서 다가오지 못하게 6이란 방어막을 만들고 두려움을 향해 밝게 웃고 소리치는거지? 6이란 숫자의 의미는 뭘까 저 타조의 무표정의 의미는 토토로 쥐의 웃음의 의미는 뭘까 ....

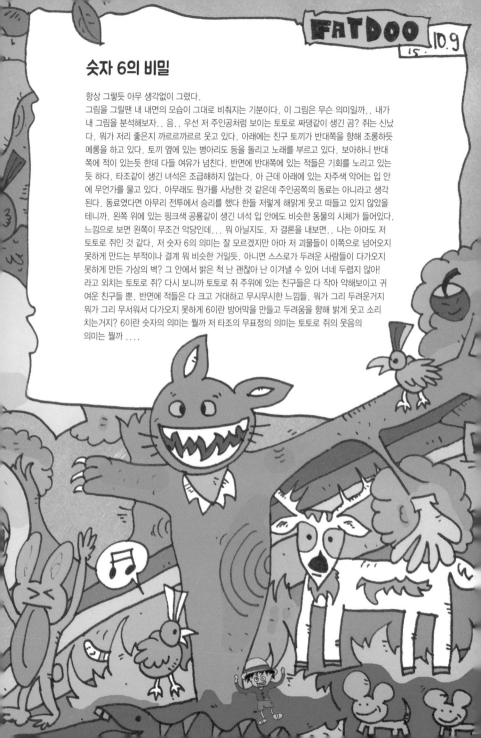

담배가 비싸졌다. 담배를 키우는건 불법이지만 그냥 심었다.
세금을 걷는다는 이유로 담배를 재배하지 못하게 하는건 공평하지
않다. 그래서 벌금이 800만원 이란걸 알면서도 담배를 심었다. 담배는
감자보다 새싹이 빨리 나온다. 4-5일이면 아기 새싹이 빼꼼~ 고개를
내놓는다. 공식적으로는 일본 담배가 가장 빨리 자란다고 하지만 난
국산 담배를 좋아한다. 한라산을 심었다. 새싹이 나고 나무가 자랐다.
담배 나무는 다 자라도 키가 1.5m에 지나지 않는다. 그래서 집에서
키워도 딱히 누군가에게 걸릴 일은 없다. SNS에 자랑하거나 친구들
한테 판매하지 않는다면 말이다. 아까 말했듯이 걸리면 벌금이 쎄기
때문에.. 조심해야 한다. 담배 나무는 소나무와 비슷하게 생겼다.
인테리어용으로는 좋지만 담배 나무 고유의 냄새가 조금 아쉽다.
단무지 썩은 냄새? 그런 느낌이다. 그 냄새는 좀처럼 가시질 않기
때문에 사람들이 집에서 키우는거 꺼려한다. 하지만 난 딱히 신경쓰지
않는다. 담배값이 얼만데.. 이정도는 감수해야지. 1달정도 지나니 담배
들이 제법 자랐다. 하나를 따서 피워봤다. 깊은 맛이 아직 덜하다. 멘솔
정도의 맛이 나려면 6-7개월을 키워야 하지만 그때까지 참을 수 있을리
없다. 그냥 하나둘씩 따서 담배 케이스에 넣었다. 총 12보루가 나왔다.
상당한 양이다. 딱 한번만 더 재배하고 냄새를 없애야겠다. 아무래도
800만원이란 벌금이 좀 무섭다. 인간은 가끔 이런 스릴을 즐긴다.
그래 좋다. 나쁘지 않다. 걸리면 벌금 물고 집행유예 받으면 되니까.
하지만 분명 하지 말아야 될게 있다. 타인에게 피해를 주는 일이다.
내가 담배 나무를 심어서 수확하는게 타인에게 피해를 끼친다면 난
절대 하지 않을 것이다. 하지만 괜찮다고 생각해서 난 담배 나무를
심었다. 오늘도 난 담배 나무를 심는다. 이 조용한 땅에서 아무에게도
피해를 끼치지 않는 내 취미 생활이 그닥 나쁘지 않다고 생각되기에.

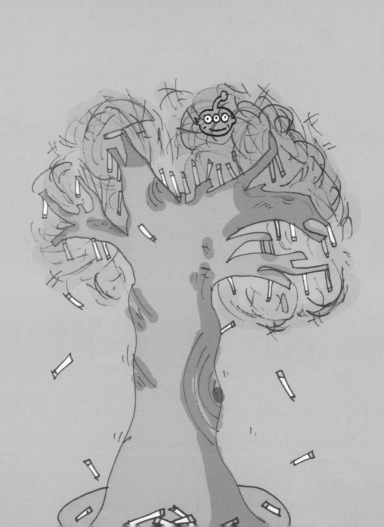

챕터2 재밌게 보셨나요?

얌얌 전 지금 파스타를 먹는 중입니다. 여러분들도 얼른 식사하세요 얌얌.
그림이란게 그리면 그릴수록 감이 오네요. 노래도 공부도 마찬가지겠지만
한가지에 집중해서 열심히 하다보니 모르던 것들도 알게 되고 실력도 향상
되는거 같네요. 모두 집중해서 열심히 합시다! 늦지 않는건 없으니까요!!
오늘은 뇌를 꺼내서 치킨 소스를 넣고 있습니다. 항상 양념을 시켜 먹는데
꼭 친구들 중에 후라이드만 시키는 녀석들이 있더라구요. 그럴땐 양념을 따
로 주는데 아무리 찍어 먹어도 양념치킨처럼 만족이 되질 않더라구요.. 그
래서 뇌에 치킨소스를 주입해서 후라이드를 먹어도 양념치킨 맛이 나도록
하려는 겁니다. 머리 좋죠? 괜히 박사가 된게 아니랍니다 캬캬캬 뭐 아무튼.

다음 챕터3 에서는 재밌는 이야기를 들려드리
겠습니다! 아버지를 찾으러 길을 떠난 소년에
대한 이야기. "소년의 배" 즐겁게 봐주세요!

악!

CHAPTER 3
소년의 배

어딘지도 모르는 곳에서 괴상하고 이상한 세상을
누비고 다니던 소년과 외계인, 치즈는 잠시 휴식을
취하고 있었다. 그때! 신나게 문어댄스를 추고 있던
일행에게! 의문의 펀치가 날아왔다!! 슈우우우욱!!!

소년이 안경을 잃어버렸습니다! 소년의 안경을 함께 찾아주세요! ※ 루삐가 동료가 되었습니다.
양쪽 페이지 (2p) 기준으로 4명의 동료 중 한명이 숨어 있습니다! 안경과 함께 찾아보세요!

단편
소설

소년의 배

글. 그림 : 팻두

한 소년이 여행을 떠났다. 반려동물인 노랑 캥거루 "캥순이"와 보라색 까마귀 "뽀라"와 함께. 보물을 찾으러 배를 타고 떠난 아버지가 돌아오기로 한 날이 한참을 지났기 때문이다. 지구는 분명 둥글다 믿었다. 하지만 소년의 아버지는 "바다의 끝은 아무도 가보지 못 했다. 그곳엔 분명 폭포가 쏟아지고 다른 세상으로 이어지는 길이 존재할 것이다." 라고 항상 말씀하시곤 하셨다. 소년은 아버지를 믿지 않았다. "아버지, 지구가 둥글다는 건 이미 몇 백년 전에 증명되었잖아요. 고집 그만 부리시고 그만두세요" 소년은 아버지를 설득 했지만 아버지는 "세상이 아는게 전부가 아니야"라며 길을 떠나셨다. 1년 안에 돌아와 소년에게 새로운 세계의 선물을 가지고 오실거라 말씀 하셨지만 결국 그 날 이후 소년은 아버지를 만날 수 없었다. 캥순이가 말했다. "소년아 넌 아버지가 살아계신다고 믿지?" "응 물론!" "응 나도 그렇게 생각해. 아버지가 아직까지 돌아오시지 않은 이유는 무언가를 발견하셨거나 작은 문제가 생기셔서 일꺼야. 아버지를 찾아야 해!!" "흠! 좋아! 대신 3개월 안에 아버지를 찾지 못하면 돌아오는 거야. 아버지가 집에 돌아오실 수도 있고 너네를 위험에 빠뜨리고 싶지 않아" "좋아! 뽀라는 어때?"

"까아악까아악" "좋아 출발하는 거야! 캥순이는 횃불을 준비해줘" " 난 배 안에 노란가루 녹색가루 보라색가루를 담을게. 노란가루는 달을 불러내 우리에게 길을 인도해 주고! 녹색가루는 채소를 가꿔 매일 우리에게 신선한 식량을 제공해 주고! 보라색가루는 뽀라의 친구들을 소환해 물고기를 사냥하고 해적을 피해갈 수 있게 도와줄꺼야. " "좋아 이제 출발하자" "출발!" "까아"

뭐..뭐야 말도 안돼 1시간도 가지 않았는데 폭포가 있었다. 캥순이와 내가 서로 얼굴을 마주 보고
비명을 지르는 순간 배가 기울었다. 끼이이익. 배는 폭포로 떨어지지 않았다. 중력을 무시한 듯 아니
중력의 방향이 바뀐 듯 자연스레 모서리를 돌아 아무일도 없었던 듯이 앞을 향해 나아갔다. 처음 몇분은
몸이 아래로 쏠리는듯한 기분을 느꼈지만.. .그.. 그 안경을 새로 맞추면 몇시간정도는 어지러운 것처럼
그런 느낌! 곧 자연스레 장기들이 제자리를 찾았다.
"이..이게 뭐지 대단한데! 엄청난 경험이야!"
캥순이는 신나서 마구마구 뛰었다. "이야호 정말 엄청나다. 이런 신비로운 경험을 하다니! 아버지도
분명 이 앞에 계실 거야! 너무 행복해서 우리를 잊었을 거야! 아버지를 빨리 찾아서 이곳에서 살자!"
"좋아 고고~!" "까아아~" 캥순이와 소년은 신비로운 세상에 발을 들였다.
어느덧 밤이 되고 소년은 노란 가루를 뿌려 달을 불러냈다. 달은 신비로운 세상에서도 환하게 빛났다.
그리고 녹색 가루를 배 안에 뿌렸다. 다양한 종류의 채소와 곡물들이 자랐다. "이정도면 몇달은 충분히
버틸 수 있을꺼야. 근데 아까부터 물속에서 뭔가 우리를 따라오는 것 같지 않아?"
"응 나도 느꼈어 위험한 것 같진 않아서 신경쓰지 않고 있었는데 혹시 모르니까 체크해보자"
물 속의 그림자는 다름 아닌 돌고래였다. 핑크색 돌고래. 배가 고팠는지 우리와 눈이 마주치자 눈물을
글썽였다. "얘들아 안녕 나 너무 배고파 식량을 나눠주지 않을래?"
"그래 좋아 옥수수를 줄게 그럼 넌 무엇을 줄거니"
"음 난 줄 수 있는 게 없어 필요한 게 있니?" "우린 아버지를 찾으러 왔어 혹시 이곳을 지나간 배를 본
적이 있니?" "꽤 오래 전이었는데 어떤 아저씨가 배를 타고 지나갔어. 엄청 친절하셨어! 난 원래 파란색
돌고래인데 그 아저씨가 핑크색으로 칠해 주셨어. 난 지금의 내가 마음에 들어" "아버지다! 어느 방향
으로 가신지 기억나?" "응 저쪽이야" "그쪽엔 뭐가 있어? 위험하진 않니?" "응 딱히! 평소 때는 위험하지
않아. 드래곤의 성질만 건드리지 않는다면 말이지" "드..드래곤? 그 전설 속의 용 말이니? 입에서 불을
뿜고 인간들을 씹어 먹는다는?" "조금 다르게 생기긴 했어도 비슷해. 어떤 이유인지는 몰라도 한쪽
다리가 없다고 들었어! 그 드래곤은 왕관을 가지고 있는데 그 왕관을 쓰면 소원이 한 가지 이루어진데.
그래서 드래곤 사냥에 나섰다가 죽은 인간들이 수천 명은 될꺼야" "설마 우리 아버지도 그곳에 가신건
아니겠니?" "혼자 가시진 않으셨을 거야 너무 위험하니까"
"음! 좋아 부탁할게 생겼어! 우리를 그곳으로 안내해주겠니? 대신 매일매일 원하는 식량을 제공할께!"
"우와아! 토마토도 있어? 난 토마토가 제일 좋아"
"물론 엄청나게 많지! 그러면 계약 성립이다!" "출발~~" "까악까아악~"

소년은 머지않아 충격적인 장면을 목격했다. 그곳엔 인간들의 시체가 쌓여있었다.

"히히히히 어리석은 인간! 또 걸려들었구나! 여기는 식인 빨간 돌고래의 섬이다! 어디 함부로

인간 따위가 이곳을 넘봐! 우리는 원래 파랑색인데 인간을 먹으면 먹을수록 빨간색으로 변하지.

이곳에서는 그 색의 농도에 따라 서열을 나눈다!! 보스는 엄청나게 빨간 저분이시다. !!"

"어허허 얘들아 칭찬은 됐다. 얼른 인간들을 잡아먹고 한층 더 빨개지거라"

"이런 나쁜 놈들 차라리 아까 우리를 잡아먹지 왜 이곳까지 끌고 온 거냐!"

"우리는 5마리 이상이 모여야 날카로운 이빨을 꺼낼 수 있지. 혼자서는 아무것도 못해 그저 유인해

올뿐" "그렇군 그러면 너네를 각자 떨어뜨려 놓으면 되는 거군"

"뭐라고? 웃기시네 무슨 수로? 겁에 질려 미쳤나 보구나 모두 덤비자! 오늘 간식은 어린 소년과

캥거루 그리고 새고기다!" 돌고래들이 소년의 배에 달려들었다. 소년은 재빨리 토마토를 저 멀리

던졌다. 수십 마리의 돌고래 중 절반이 토마토 쪽으로 달려들었다. "하하 이 바보들" 소년은 보라색

가루를 꺼냈다. 그리고 돌고래들을 향해 뿌렸다. 두두두두두두.. 갑자기 엄청난 굉음이 몰려왔다.

그리고 잠시 후 까마귀 뽀라의 친구들이 수천마리 몰려와 돌고래들을 쪼기 시작했다.

"까아아악 까아아악" "으악 으아아아!! 이게 뭐야!"

"자 빨리 도망가자!" "잠깐! 아까 그 돌고래를 잡아가자! 아버지에 대한 정보를 들어야돼!

잡아먹었으면 나도 똑같이 썰어버릴꺼야!" "좋아 에잇! 배에 묶었어! 도망가자!" 슈우우우우우!!

한참을 도망쳤다. 그리고 어느새 날이 밝았다. 소년은 돌고래에게 물었다. "우리 아버지도 잡아

먹은 건 아니지!! 당장 말해!!" "케헥.. 아..아니야 그 아저씨도 이상한 가루를 뿌려서 내 친구를

타고 도망 갔다고!" "아 정신을 홀리는 가루를 가져가셨구나!" "다행이다 휴.. 어디로 가셨지?"

"그건 나도 모르지! 드래곤을 만나러 가셨을지도 몰라! "드래곤은 거짓말 아니었어? 너네가 우리를

잡아먹으려고 만든?" "아니야 사실이야 드래곤은 존재해" "좋아 그러면 우리를 다시 그곳으로

인도해 조금이라도 허튼 짓 하면 널 삶아서 족발처럼 부드럽게 데쳐서 씹어 먹을꺼야" "아..알았어

제발 그러지 말아줘" "좋아 근데 한 가지만 물어보자 식인 돌고래들이 왜 토마토를 좋아하는 거야?"

"우린 그냥 빨간색이 좋은 거야 토마토든 인간의 피든"

".... ... 그렇군 좋아 출발해!" "토마토 한 입만..." 퍽!!!!

돌고래를 따라 오랜 시간을 달렸다. 식량은 바닥났고. 가루들도 다 사용했다. 배고파 죽는
건 싫었던 소년은 소량의 녹색 가루만을 가지고 있었다. 노란 가루를 다 써버려 달도 뜨지
않아 낮에만 이동을 했다.

"이제 우리 돌아가야 되는거 아니야?"

"지금 여기서 돌아가면 가다가 배고파 죽어버릴걸?"

"이 돌고래를 삶아서 조금씩 뜯어 먹으면서 가면 안 돼?"

"그럴까?"

"헐.. 저 매끈거리기만 하고 맛없어요.. 그리고 이제 거의 다 왔어요! 드래곤의 섬에!"

소년은 아버지가 살아 있을 거란 믿음 하나로 여기까지 왔다. 아버지를 찾을 수만 있다면
이런 고생 따위 몇 번이나 반복할 수 있었다. 그리고 커다란 동굴이 있는 섬에 도착했다.

"다 왔어요 여기예요" 그곳에는 수백 척의 배가 선박되어 있었고 형체를 알아볼 수 없을
만큼 부서지고 낡은 배들이었다.

"이제 저 동굴로 들어가면 모든 게 끝날 거야. 돌고래야 고마워 너 덕분에 여기까지 왔어"

"그럼 이제 가도 되는건가요?"

"웃기지 마 한번 배신한 놈은 똑같은 실수를 반복해 내가 살아 돌아오면 그때 풀어줄게"

"드래곤한테 죽임을 당하면 저는 어떡해요!? 드래곤은 밤에 밖으로 나온단 말이예요!"

"오 좋은 정보구나 이제야 슬슬 불기 시작하는군 좋아 그러면 잡아먹혀!"

"우린 간다~" "으아!! 살려줘!!!!!!"

메아리를 뒤로 한 체 소년과 캥거루, 뽀라는 동굴로 들어갔다.

인기척은 느껴지지 않았다. 횃불을 들고 조심스레 안쪽으로 이동했다.

소년은 자고 있는 용을 발견했다. 엄청난 크기였다. 뭔가 물고기처럼 생기긴 했어도 엄청난 위압감

이었다. 드래곤은 돌고래의 말처럼 작은 왕관을 쓰고 있었다. 도대체 인간들은 어디 있는 거지 시체도

없었다. 수백 척의 배를 보면 수천 명의 인간이 있어야 하는데 전부 잡아 먹힌건가. 하지만 그 어떤

흔적도 보이지 않았다. 소년은 우선 밤까지 기다리기로 했다.

아마 모든 인간들이 자고 있는 용을 공격했으리라. 그런데 전멸했다면 그건 정답이 아니다.

분명 무언가 약점이 있을 거라 믿었다. 그때 소년의 머리에서 반짝이는 아이디어를 떠올렸다. 캥거루와

보라에게 "잠깐만 기다려!" 라고 외친 뒤 소년은 밖으로 뛰어나갔다. 몇 분 되지 않아 소년의 모습이

보였다. 돌고래를 질질 끌고 왔다.

"으아아.. 난 물이 없으면 죽는단 말야! 날 죽일 셈이야?? 아이구 배야 모래에 다 긁히네!"

캥거루와 뿌라는 "와! 넌 천재야!" 라고 외쳤다! 아마도 같이 생각을 가지고 있었으리라. 돌고래를

양쪽에서 잡고 셋은 동시에 외쳤다. "하나, 둘, 셋!" 휙~~"으아아!" 돌고래를 자고 있는 용에게 집어던졌다!

원망스러워하는 돌고래의 표정이 스쳐지나가는 동시에 용 주위에서 엄청난 식인 식물들이 나와 돌고래를

찢어 먹었다. "으아아악!!" "웩 더러워!" "아 이제 알겠다. 저 식인 식물들 때문에 모든 인간들이 전멸 한거야!

흔적도 없이 말이지!" "그렇다면 우리 아버지도??" "아니야! 아버지는 우리보다 훨씬 더 똑똑하셔! 반드시

살아 계실 거야!" 그렇게 소년은 밤까지 기다렸다. 해가 지고 어둠이 찾아오자 용이 엄청 큰 입을 벌리며

하품을 하면서 잠에서 깼다. 뜨거운 바람이 몸 전체를 휘감았다. 그 순간! 식인 식물들이 땅 속으로 하나 둘

사라졌다. 그때 뭔가 이상한 점을 발견했다. 용이 식물들을 보고 화들짝 놀라는거였다. 식물이 땅 속으로 다

사라지니 그제야 한도의 한숨을 쉬었다. 뭐지? 뭐 어쨌든 식물들은 사라졌다. 이제 용의 왕관을 빼앗아서

아버지를 찾자! 그때! 용이 날아올라 동굴 밖으로 순식간에 사라졌다. 좋아! 따라가자! 우리가 동굴 밖으로

나왔을 때 용은 수백 척의 배 앞에서 울먹이고 있었다. "요..용아 왜 울먹이고 있니?" 용이 깜짝 놀라며 외쳤다.

"이..인간이다!! 드디어 인간이다! 이게 얼마 만의 밥이냐!!" 용이 순식간에 눈앞으로 달려왔다. 엄청난 입을

쩍 소리와 함께 크게 벌렸다. "캥순아!! 우리 이대로 죽는거야??" "까아아까아" "자..잠깐! 잘 생각해봐!

저 용은 분명 식물을 두려워했어! 아직 남아있지! 녹색 가루!!" "어..어어! 아주 조금!" "빨리 뿌려!! 당장!!"

"아..알았어!! 에잇!!!!!!!" ᭤⊙⌐

야채 나무가 순식간에 자랐다! 예상대로였다! 용이 비명을 질렀다! "쿠아아아악! 시.. 식물들이 왜 밤에도 나타난 거야! 으아 살려줘!!" "그..그래!! 이건 야채..아니 식인 식물이다!!! 꼼짝 마라! 널 뜯어 먹겠다!!"

"으아악 살려줘!! 원하는게 뭐야!!"

"자 왕관을 내놔!" "와..왕관은 왜?"

"그 왕관이 소원을 이뤄준다고 들었어!" "쿠아아아 그건 거짓 소문이야! 이 바보들아 이 왕관은 조개랑 미역으로 만들어진 그냥 장식품이라고!" "뭐???" "꺄아아"

"뭐라고?? 그럼 우린 아버지를 어떻게 찾아야 되지??" "아버지?"

"그래! 혹시 돌고래를 타고 이곳을 지나간 사람을 보지 못했어?" "어? 너네가 말하는 사람. 내가 얼마 전에 만난 사람 같은데?" "뭐? 자세히 얘기해봐!" "밤에 밖으로 나왔는데 어떤 인간이 돌고래를 타고 왔더라고. 그래서 잡아먹으려고 했는데 나한테 이상한 가루를 뿌렸어. 그 가루를 맞으니까 나도 모르게 그 아저씨한테 복종하게 됐구" "어? 정신을 홀리는 가루다!!" "그래서 왕관이 가짜라는 사실을 말하니까 너네 처럼 몇번 되묻더니 한숨을 쉬면서 사라지더라구!" "이럴 수가.. 역시 살아계셨어!!" "아버지는 아마 집으로 돌아가셨을거야!" "좋아 용아! 이 야채.. 아니 식인 식물한테 잡아먹히기 싫으면 우리 말을 들어!"

"어.. 어쩌길 바라는 거야!"

"우리를 집으로 데려다줘! 바로 가지 않으면 아버지랑 또 엇갈릴꺼야!"

"그건 불가능해" "왜?"

"난 빛을 보면 몸이 녹아버려.. 그래서 낮에는 동굴에 있어야 하는데 동굴 속의 식물들은 낮에만 깨어있거든.. 밤이 돼야 잠들어버려.. 이 식인 식물들한테 한쪽 다리를 물어 뜯겨서 죽을뻔한 뒤로.. 절대 가까이 가지 않아. 그래서 난 식물들이 잠드는 저녁에 일어나서 먹이를 구하러 나오는 거지.. 근데 아무리 해적들이 찾아와도 낮에 깨어있는 식물들이 다 먹어버리니까 매일 밤 텅텅 비어있는 배를 보며 나 홀로 배고파하지.. 인간이 먹고 싶은데 말야.." "아하 이제 모든 게 정리되는군! 좋아 그러면 내일 아침 식인 식물이 나오면 다 불태워 죽여줄게! 그럼 됐지?" "식인 식물을 불태워준다고?? 그럼 난 다시 인간들을 먹을 수 있는 거야?" "그래 보물을 노리고 오는 욕심쟁이 해적들을 먹든 말든 신경 안 써 우리만 집에 데려 다줘!" "아까 말했잖아 난 빛을 보면 녹아버린다구! 밤에 출발해도 다시 돌아올 때쯤 해가 뜰 거야 그러면 난 죽어버려" "내게 다 생각이 있어! 자 우선 내일 아침 우리 배에 있는 횃불로 식인 식물을 다 태워버리고! 내일 밤에 집으로 출발하는 거야! 그리고 너도 안전하게 다시 동굴로 돌려보내 줄게! 행복하게 인간들을 먹으면서 사는 거야! 어때?"

"좋아! 대신 날 꼭 안전하게 다시 동굴로 돌려보내 줘야 돼!" "오케이 좋아!"

"꺄아아"

다음 날 소년, 캥순이, 뽀라는 식인 식물들을 다 태워버렸다! 그리고 밤에 용을 타고 집으로 출발했다!
"용아 안전하게 가려면 내 말을 들어야 돼! 식인 돌고래의 섬 알지? 그곳을 지나가!" "음.. 왜 그런지는
모르겠지만 좋아 알았어!" 용이 식인 돌고래의 섬을 지날 때 소년이 외쳤다. "이 멍청한 돌고래들아~~
니 친구는 내가 잡아먹었다! 그 빨간 바보 돌고래들아!" 그 소리를 들은 돌고래 수십 마리가 소년을
따라오기 시작했다. "이 녀석!! 너 때문에 머리 아파죽겠다! 그놈의 까마귀들 쫓아내느라 얼마나 고생
한 줄 알아?? 잘 걸렸다!! 용하고 같이 씹어 먹어주마!!" "따라와 따라와~~"
수십 마리의 돌고래가 용을 따라왔다. 그렇게 몇 시간을 날아 소년은 드디어 집에 도착했고 그 곳엔
다행히도 아버지가 계셨다! "아빠!!!으앙!!!" "까아아아아" "어이구 아들!!! 어디 갔었니! 아빠가 얼마나
널 기다린.." "아빠!! 그것보다 빨리 정신을 홀리는 가루를 돌고래한테 뿌려주세요!!" "어어??? 그래
알았다!! 에잇!!" 아버지는 정신을 홀리는 가루를 돌고래들한테 뿌렸다. 돌고래들은 갑자기 일본 만화에
나오는 미소녀들처럼 눈이 초롱초롱 빛났다. 소년은 말했다. "자~ 돌고래들아 이 용이 집에 갈 때까지
마스코트를 해라! 내일 해가 뜨면 물을 쏘아 태양을 가려주도록 해라!" "삐이이이~~ 네에~~" 돌고래들은
합창했다. 그렇게 용은 인사를 하고 돌고래들의 물 보호막 속에서 안전하게 굴로 돌아갔다.
"잘가~ 고마워~~" "캬아아 나도 고마워~~" "하하하하" 다같이 깔깔깔깔 웃었다. "근데 아들아 대체 어디를
다녀온거니? 가만히 있으라고 했잖아" "아버지야 말로 보물을 찾아 떠난거였어요??" "아..아..그..그게
그래도 안전하게 잘 다녀왔잖니~" "으구 우리가 얼마나 걱정했는데요!! 앞으로는 다신 그러지 마세요!"
"까아아~" "그래그래 그냥 욕심없이 살자꾸나~ 지금 이렇게 행복한데 더 바랄게 뭐가 있겠니"
"히히 맞아요~~ 지금처럼만 행복하게 살아요~" "아 배고프다 뭐 먹을거 없나?~" "좋아 오늘은 녹색 가루로
맛난 야채를 먹자~" "에에에~~~~~ 지겨워 지겨워!!! 다른거 해줘요~~" "에? 언제 또 먹었니? 그래
그러면 돌고래를 잡아 먹자꾸나!" "다 돌아간거 아니었어요?" "아빠가 타고 온 녀석이 있는데 너무 쫄깃하게
생겨서 얘는 안 보냈단다" "우와 좋아요! 신난다!" "파티다~~~" 하하하하하하하
그렇게 소년은 캥순이, 뽀라 그리고 아버지와 함께 맛있는 돌고래 고기를 먹고 행복하게 살았다~~~ 끝

단편 그림소설 "소년의 배"

그림자를 사랑한 아기쥐

글, 그림 : 팻두

어느 한 시골집 마굿간에서 혼자 외롭게 살고 있는 아기쥐가 있었대 아기쥐는 언제나 곡물이나 쌀을 먹으면서
너무 지루한 삶을 혼자 외롭게 살고 있었대 그러다 어느 날 아침, 밖으로 나갔는데 마침 날아가는 무당벌레는
내 스타일 따뜻한 햇살 그 아래 해바라기와 민들레가 말해 '쥐야 안녕 무서운 새들이 있으니까 조심해' 아기쥐는
바람을 향해서 일어났대 '아 시원해' 근데 무언가 발 아래에서 꿈틀거렸대 '어? 뭐지' 그건 아기쥐의 그림자였대
그저 말 없이 따라 움직이는 그림자였대 '너 이름이 뭐야' 대답이 없었대 '너 이름이 뭐냐구' 대답이 없었대
'너 나랑 친구할래?' 대답이 없었대 '좋아 친구하자 찍찍' 그렇게 아기쥐와 그림잔 친구가 되었대 고민상담도
하고 이야기도 들어주었대 맛있는 치즈조각도 나눠줬어 '자 이거 먹어' 하지만 그림잔 아무 말도 하지 않았어
오히려 아기쥐는 그런 묵묵함에 더 반했고 의지할 수 있었대 바로 사랑한다 말했고 고민을 해결해줄 누군가가
아니라 그저 이야기를 들어줄 사람이 필요했던 아기쥐니까. 그렇게 매일매일 그림자를 만나러 아기쥐는 밖으로
나왔대 매일 아침을 기다려 비가 올땐 맨날 먹던 맛난 치즈도 안먹고 자리에 앉아 작은 두손을 모아 기도했대
너와 나 함께 있을 수 있게 비가 그치게 해달라고.. 그렇게 아기쥐는 깊은 사랑에 빠졌대 지루했던 삶에 행복이란
단어가 찾아왔대 그러던 어느날 마굿간에 있던 조랑말이 말했대 "야 아기쥐야" 응? "너 요즘 행복해 보인다
뭐가 그렇게 좋을래 맨날 실실 거려 나도 좀 알자" 나 사랑에 빠졌어 "사랑? 와우 멋진데 누구랑? 메뚜기? 잠자
리? 병아리? 토끼?" 아니.. 잘 모르겠는데 낮에 밖에 나가면 날 기다리고 있어 매일 데이트하며 놀자면서 내가
좋나봐 말은 안하는데 계속 따라다녀 "아 너 그림자를 얘기하는 건가 보구나" 그림자? "응 그건 그림자라
그래" 어 그럼 너도 걔랑 아는사이야? 오아 반갑다 "근데 걘 살아있는 게 아니야 음 말하자면 복잡하지만
그건 그냥 너야 니가 움직이면 따라 움직이고 니가 숨을 쉬면 같이 숨을 쉬어 무슨 말인지 모르겠어.. ? 이 바보
아무튼 걘 살아있는 게 아니야 사랑해선 안돼" 그럴리 없어 우린 정말 서로 사랑하고 있어!!
고민상담도 하고 이야기도 다 들어주고 사랑한다 속삭여주고 내..내 손도 잡아줬어.. "진짜야? 너 걔가 니 질문
에 대답한 적 있어? 거봐 널 사랑하는데 왜 밤에는 안 나타나겠어" 그럴리 없어 우린 서로 사랑하고 있어 내가
외로워할때 같이 울어주는 그녀 모습을 봤어 항상 날 꽉 안아주고 내 눈물을 항상 닦아주고 항상 내 옆에 있어주
고 날 떠나지 않고 지켜줬어.. "에휴.. 이런 큰일났구만.." 증명할거야 보여줄거야.. 에잇.. "야 이 밤에 어딜
나가 너 그러다 나쁜 새한테 잡아 먹혀! 돌아와 야! 그렇게 아기쥐는 뛰쳐 나가버렸대 아주 어둡고 조용한 밤에
부엉이만 울어댔대 두려웠지만 증명하고 싶었대 아기쥐는. 지금 자신이 느끼는 이 사랑을.. 나타나줘.. 어딨니..
모습을 보여줘.. 난 너로 인해 새로운 삶을 찾았어 넌 아무말 하지 않아도 돼 지금처럼 내 옆에만 내 곁에만 그렇
게 있어주면 돼 아무것도 바라지 않을께 남자쥐들은 다 똑같다고 하지만 난 그러지 않을게 절대로 변하지도 않을
께 평생 너만 생각하고 너만 바라볼게 나 그래서 이렇게 용기를 냈어
부..부엉이다.. 나..나 ..무섭지 않..아.. ...그녀가 나타날때까지..나 여기 서 있을.. 으아악!! (꽥!!!)
내일이 오길 기다려봐요 그대와 함께 하는 날 상상하며 하염없이 하염없이 되풀이 되었던 외로움 이렇게 그대로
인해 나는 행복함을 알게됐죠 빛을 잃은 삶속에서 암흑 같은 꿈속에서 그대에게 내가 너무 많은걸 바랬었나요
이렇게 그대만을 사랑하며 기다릴거야 하루 종일 시간이 다 가도 너의 곁에 있을게

"사랑을 의심하면 그 사랑에 금이 가기 시작하고
그 사랑에 금이 가기 시작하면 오해와 함께 사랑이
시들어 버리는 거야 하지만 정작 상대편은 영문도
모른 체 사랑을 잃어가는 거지"

법을 바꾼 강아지

글, 그림 : 팻두

나는 떠돌이 강아지 광화문을 떠돌지만 아직 어리지만 우리엄마는 인간들이 트럭에 태워서 멀리 데려갔지 나는 한쪽 귀가 없어 너무나도 많이 배고파서 밥그릇을 훔치다가 개들한테 물려서 한쪽 귀를 뜯겼어 너무나 외롭고 나 힘들때 친구가 간절히 필요할때 광화문에 혼자 묶여 있던 너를 처음 봤었지 그래 마치 갈대 처럼 말랐던 너는 뜨거운 태양 아래서 혀를 내밀고서는 많은 사람들의 구경거리였어 외로워 보였어 맘이 아팠어 그때 내 눈에 보였던건 그 앞에 떨어진 칸쵸 몇 개 배가 고팠어 달려갔어 살아야만 했지 그래 난 똥개 예상대로 너는 날 향해서 바로 달려 들었어 그래 난 여기서 물려 죽겠어 더이상 배고픈건 싫어 과자를 마구 먹었어 그 순간 느껴지는 숨소리 뜨거운 귓볼의 촉감이 부드러운 털 엄마한테 느꼈던 포근한 품과 따뜻함 넌 내 볼을 핥았어 괜찮다며 날 어루만졌어 난 눈물을 흘렸지 나도 모르겠어 그냥 눈물이 사람들은 너를 소망이라고 불렀어 그 뒤로 소망이와 친구가 됐어 과자를 주워도 나눠먹었어 소망이도 나를 좋아했지 즐거웠지 오늘도 어김없이 놀러갔는데 낌새가 이상해 소망이를 봤는데 무언가를 두려워 하고 있었어 내게 다가오지 말라 소리쳤어 소망이는 커다란 돌을 맞고 있었어 인간들이 낄낄대면서 던졌어 목줄때문에 피할 수도 없었지 소망이는 울었어 다리에 맞고 머리에 맞고 쓰러졌어 내 앞에서 내가 사랑하는 친구가 맞고 있어 난 도와주지 못했어 무서워서 움직일 수가 없었어 소망이는 쓰러진 채로 움직이질 않았어 그런데도 소망이 몸에는 계속 돌이 던져졌어... 지켜주지 못했어.. 외로움에 쓰러져도 웃을 수 있는 이유는 너야 넌 울지 말라며 날 위로하지 않았어 그저 아무말 없이 품에 날 안았어 진심으로 너를 지켜주고 싶어 소망아 이젠 내 품에 안겨봐 미안해 소망아 조금 더 힘을 내줘 내가 니 곁에 있을께 왜 그들은 몰라 우리도 너네랑 전혀 다르지 않아 걷고 소통하고 행복해하고 슬퍼하고 다르지 않아 근데 왜? 말을 못한다는 이유야? 아니면 작아서? 괴롭히고 싶어? 도대체 왜..행복하게 살 권리가 있는데 왜.. 내가 바꾸겠어 세상을 바꾸겠어 광화문에 있던 떠돌이 개들을 모았어 나도 저들을 물어 뜯고 똑같은 고통을 주겠어 우리도 사랑받고 행복해해야할 권리가 있다는 걸 보여주겠어 미안해 소망아..늦어서 미안해..소망아.. 얘들아 가자..

어젯밤 광화문 한복판에 수십마리의 개들이 사람을 공격했습니다 전문가들은 이런 현상은 일어날 수 없는 재앙이라고 말했습니다. 놀라운 점은 얼마전 뉴스에서 보도되었던 소망이라는 강아지가 쓰러진 자리에 모두 모여 늑대처럼 울었다고 합니다. 전문 사냥꾼들이 투입된 뒤 모두 도망갔지만 한 강아지만이 그 자리를 지키다가 사냥꾼들의 총을 맞고 목숨을 잃었는데요 한쪽 귀가 없는 떠돌이 강아지 였다고 합니다 동물보호 협회와 전문가들은 전 세계적으로 모든 개들이 진화중이라는 충격적은 소식을 전했습니다. 영화 혹성탈출에서 나오는 일이 개들에 의해 실제로 벌어질 수도 있다는 얘기인데요. 이런 끔찍한 일이 다신 발생하지 않도록 동물 보호법을 강화시켜 내년 2월부터는 동물을 학대한 사람에게 징역 1년 또는 벌금 천만원이 부과됩니다.

라면 먹는 강아지

글 : 팻두, 전태익   그림 : 팻두

우리 강아지는 너무 사랑스러워요 근데 갑자기 오늘 아픈것 같아 라면 먹는 강아지 라면 먹는 강아지 사료 대신 라면만 먹는 우리 강아지 라면 먹는 강아지 면빨 끓는 강아지 근데 어느샌가 시름시름 앓기 시작해요 의사 선생님 우리 강아지가 아파요 "음 어디 한번 봅시다" 네 선생님 밥도 잘 먹고 산책도 맨날 하고 그러는데 불독 여친도 있는데 뭐가 문제죠 다친거 같진 않구 겉은 멀쩡하구 뱃살을 보니 밥도 잘 먹는거 같구 "어디 봅시다. 으악 깜짝야! 아이구 성격 좋고 활발하고 이거 정밀검사를 해봐야 되겠는데요 혹시 오늘 사료 말고 먹은게 있나요?" 없는데 라면 먹어서 그럴리는 없구... "라면이여? 처음 먹인거예요? " 아니요 맨날이여 "네????" 라면을 너무 좋아하는데 먹고 싶은거 먹이면 안되나요 라면 먹음 안돼요 라면 먹음 안돼요 이쁘다고 맨날 라면만 먹음 안돼요 라면 먹음 안돼요 라면 먹음 안돼요 맛있다고 탕수육만 맨날 먹음 죽어요

"잘들어요 라면이 맛있는건 알아요 강아지가 얼마나 좋아하는지도 알아요 근데 강아지는 사람하고 달라요 그러니까 라면을 먹이면 안되요 빨리 세상을 떠날수도 있어요" 근데 선생님 이렇게 행복해 하는데 라면 먹을때 이렇게 좋아하는데 건강에 조금 안좋아도 행복하게 해주고 싶은건 저의 욕심인가요 "아무리 행복해도 강아지는 말을 못하잖아요 아플 때 영문도 모른 채 혼자 울잖아요 주인이 지켜줘야죠 주인이 아껴줘야죠 원하는대로 다 해준다고 행복의 가치가 커지는게 아니랍니다" 맞아요.. 제 욕심이었던거 같아요..

미미야 미안해.. 앞으로 더 잘해줄께.. (깨깽.. 난 오빠가 있어서 행복해 멍멍) 어 선생님 지금 강아지가 뭐라 말한 것 같지 않으세요? "음.. 못 들었는데.." 우리 미미가 저 때문에 이렇게 아플줄 몰랐어요 라면은 이제그만... 라면먹음 안돼요 라면먹음 안돼요 이쁘다고 맨날 라면만 먹음 안돼요 라면 먹음 안돼요 라면 먹음 안돼요 맛있다고 탕수육만 맨날 먹음 죽어요

의사선생님 우리 강아지가 또 아파요 "음 어디한번 봅시다" 선생님 이제 라면도 안 먹고 사료만 먹는데 뭐가 문제죠 "사료말고 딴거 먹인거 있나요?"

라면 안 된다고 해서 삼겹살 먹였는데.... "네....??????   ... 에휴,,,"

백설공주를 사랑한 한 난장이

글, 그림 : 팻두

백설공주와 한 난장이가 살았다. 난장이는 백설공주를 미치도록 사랑했다. 하지만 백설공주는 한 왕자와 사랑에 빠졌다. 물론 처음엔 난장이도 축하해주고 기뻐해줬다. 하지만 난장이는 점점 비참한 기분을 느꼈다. 그래 너네 둘을 보면 나도 행복했어. 아름다웠고 너무나 어울렸고 나완 달랐어 난 말야 작고 못생기고 나이도 먹었고 흰 수염도 있고 모자는 무슨 꼬깔콘 씹다 남은 것처럼 생겨가지고 잘난 것 없는 그저 난장이 설마 나를 가지고 논건 아니겠지 낮잠이나 자는 내가 한심해 보였니 낮술 한 잔이 널 짝사랑하는 내 맘을 위로해 줬는데 어쩌니 그래 니가 나한테 사랑을 느끼지 않았던 건 어쩌면 당연한 거였을지도 몰라 같이 살았던건 남자로써 1퍼센트의 감정도 없었기 때문이겠지 그래 알아 나도 인정해 인정하는데 내가 사랑하는 그녀가 내 앞에서 다른 남자와 행복해하는 모습을 보니 가슴이 너무나 아파와 신이여 내가 전생에 얼마나 큰 죄를 지었길래 이렇게 사람을 비참하게 만드나이까 웃고 싶은데 마음껏 웃어지질 않아 나 울고 싶은데 눈물이 나오질 않아 사랑하는 사람을 마음껏 사랑할 수 있는 축복을 소중히 생각하고 만족하라 벌써 저녁인데 배가 고프지를 않아 푹 자고 싶은데 두 눈이 감기지를 않아 사랑하는 사람을 마음껏 사랑할 수 있는 축복을 소중히 생각하고 만족하라 그래도 나는 꿋꿋이 견디고 견뎌어 사실 몇 년 전 비슷한 경험을 했었어 한 여자가 나를 사랑한다며 쫓아다녔지 못생겼어 별로였어 마음속에서 쫓아버렸지 괜찮다 그저 옆에만 있게 해달래 짜증 나게 강아지처럼 따라다녔어 그냥 가지고 놀았어 결국 그녀는 변해버린 내게 지쳐버렸어 그립 지도 않았어 비웃으며 손을 놔버렸어 근데 이제 알았어 그 아픔을 가슴이 아파 외로워 사람이 사람을 사랑하는 마음이 어떤건지 알기에 너에게 날 사랑해달라고 말할 수 없었어 백설공주와 왕자는 매일 사랑을 나눠 견딜 수 없어 겉으론 웃고 속으론 매일 울어 그러던 어느날 한 늙은 마녀가 내게 찾아와서 새빨간 사과를 건넸어

난 독이든 사과를 공주에게 가져갔다. 그저 이런 상황에서 벗어나고 싶었다. 공주는 망설임 없이 사과를 한 입 베어 먹었다. 공주는 눈물을 흘리면서 나를 향해 웃고 있었다. 그녀는 다 알고 있었다. 처음부터 다 알고 있었다. 내가 그녀를 죽이려고 했던 것을... 다 알면서. 다 알면서..

난장이가 잘못된 건 아니다 질투는 그저 인간의 본능일 뿐이다 하지만 그 질투는 집착이 되고 분노가 되고 복수가 된다. 본능을 너무 믿진마라. 남자란 평생 여자의 깊은 마음을 헤아리지 못한다.

오늘 한 가수의 자살 소식을 들었다.
그 사람이 죽기 전에 얼마나 힘들었을지 우리는
감조차 잡지 못한다. 물론 우리도 그럴때가 있었다.
그런데 이렇게 견디고 버텨서 여기까지 왔다. 힘듦과
아픔의 크기는 세상 누구도 잴 수 없다. 같은 일이라도
어떤 사람은 쉽게 이겨내고 어떤 사람은 목숨까지 걸
수 있다. 나도 외로움을 상당히 잘 타고 사람 관계에
대해 회의감도 쉽게 느끼는 성격이라 스스로를 우울증
이란 틀에 가둬 자주 혹사 시키곤 한다. 그럴 때 난
"힘들다" 라는 말을 쓴다. 그 힘듦이 모이고 모여서
사람을 지치고 미치게 하고 자살까지 생각하게 만드
는 것 같다. 그냥 그렇게 "힘들다" 라는 말을 뱉을 때
얼마나 외롭고 세상에 혼자 있는 기분인지 누구보다
잘 알기에 이런 자살 사건을 보면 너무 마음이 아프다.
얼마나 힘들었으면.. 부모님과 친구들을 다신 못 본다
는 사실을 알면서도 자살까지 생각했을까. 너무 마음이
아프다. 다들 아프지 않았으면 좋겠다. 아파도 꼭 힘내서
꼭 이겨냈으면 좋겠다. 나도. 여러분들도.

뒷담화도 "범죄" 입니다.

누가 자기 뒷담화 하는거 경험해 본적 없나요? 있으시죠?
기분 어땠나요 기억나긴 하세요? 안나니까 지금 또 타인을
욕하고 이기적인 소문을 내고 있는 거겠죠? 비겁한 짓입니다.
왜 남이 아파하고 힘들어 한다는걸 생각하지 못하나요. 제발
그만두세요 당하는 사람에겐 생지옥입니다. 누군가가 자기를
욕하고 미워한다는 사실 말이예요. 이렇게 아무리 말 한들 딱히
듣지 않을거 알아요. 또 뒤에서 욕하고 반에서 인기 많고 공부
잘 하는 친구를 깎아내리겠죠. 약점 잡아서 마녀사냥하고 친구
들과 뭔가 "우린 동료야" 따위의 것들을 느끼고 싶어서 말이예
요. 그만 두세요. 뒷담화 잘 하는 친구도 믿지 마세요. 그 친구는
분명 당신의 뒷담화를 다른 친구에게 합니다. 뒷담화도 습관
이고 범죄입니다. 사람을 죽일 수도 있는 무기입니다. 조심하
세요. 그냥 무기가 아닙니다. 유도 미사일이지요. 자신에게
머지않아 돌아옵니다. 그때 그 외로움, 아픔.. 후회해도 소용
없어요. 지금이라도 부디 멈추세요. 자기 자신을 위해서예요.

죠리퐁 + 우유의 완벽한 조합을 아시나요?

진짜 개꿀맛입니다. 다르게 표현할 수 없어요...... 우선 죠리퐁을 깔고 우유를 부어요. 와작와작 씹다보면 우유만 남고 죠리퐁은 없어지죠? 그때 우유를 보면 아주 살짝 죠리퐁 색을 띄고 있습니다. 그때 다시 죠리퐁을 넣어서 또 와작와작 먹어요. 그러면 우유가 점점 초코우유가 됩니다. 한번 더 반복해서 먹으면 우유가 거의 남지 않을 거예요. 하지만 이미 죠리퐁 표 초코우유가 되어있죠. 이제 그걸 마시세요. 꿀꺽. 그게 혀의 미각에게 천국을 보여주는 방법임. 혀도 생명체임.

TETRIS

오래 전에 잘 맞지 않아서 만나지 않게 된 사람이
있다. 몇 년이 지나서 그 사람이 보고 싶을 때가 있다.
아 그때는 철이 없었지 그때는 서로 방향이 달랐지.
그리움에 연락을 한다. 그렇게 몇 년만에 그 사람을
만나도 거의 대부분 왜 이 사람과 연락을 하지
않았었는지 곧 깨닫고 후회를 한다. 그 사람이 여전한게
아니다. 내가 변하지 않은거다. 사람의 취향이나 성격은
쉽게 변하지 않는다. 한번 이 사람은 아니다. 라고 판단한
사람에게 미련을 두지 않는 편이 좋다. 끊음을 확실히
해야 한다. 정이 강할수록 시간을 많이 허비한다.
자신과 맞는 사람과 좋은 인연을 유지하길.

그녀는 사람들에

도림천
478-2
Dorimcheon

신도림

정

살려달라 외쳤지만 아무도 도와주지 않았다.

경찰은 그녀의 눈빛을 외면했다.

그저 그녀의 남자친구를 다그치고 돌려 보냈다.

집에 가는 길.

지하철에서 엄마에게 카톡을 보냈다.

"엄마 미안해 사랑해"

"나도 살고 싶었어"

- 데이트 폭력 -

차인 날 나의 모습

그녀에겐 내가 이렇게 보였던걸까

눈 물 의 색

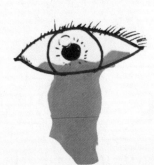

눈물에도 색이 있다.

아플 때 슬플 때 행복할 때 감동 받았을 때 웃길 때 죽고 싶을 때..
다 다르다. 안타깝게도 그 눈물의 색은 아무에게나 보이지 않는다.
그 사람을 진심으로 좋아하고 사랑하고 알고 싶은 사람에게만 보인다.
그래서 같이 아파하고 같이 행복해 한다. 눈물은 사람의 감정 중 가장
솔직한 표현이다. 인간의 뇌에서 감정을 담당하는 부분이 어떤 방식으
로든 폭발했을 때 눈물이 터져 나온다. 눈물을 아끼지 말아라. 가끔은
나도 모르게 흐르는 눈물이 나를 위로하고 나를 행복하게 해줄 유일한
치료제일지 모르니.

물고기는 인간이 퇴화된 생물이다
신은 처음에 인류만 창조했다
그들은 과일과 곡물을 주식으로 살았다
시간이 흐르고 한 사람이 죽었다
움직이지 않는 시체를 보고
호기심이 생겼다 이건 어떤 맛일까
그 호기심이 모든걸 바꿨다 고기의
맛을 알게 된 인류는 서로를 죽이고
공격했다 신은 결심했다
인류의 일부를 퇴화시켜 남은 인류
에게 식량을 제공하기로
인류의 절반이 짐승과 새
물고기가 되었다
처음엔 물고기라 해도 인어정도의
모습이었다 하지만 인류가 진화하고
발달할수록 더 맛있는 음식을 원했다
신은 마지막으로 인류와 가까운 곳에
있는 생물일수록 더 영양가 넘치고
육질이 뛰어나게 만들었다
하지만 아직 인류의 손이 닿지 않은
지구상에서 유일한 곳
해저 밑바닥 끝
그곳엔 아직 퇴화가 덜 된
인류와 흡사한 그들이 살고 있다
우리의 과학이 그곳에 닿는 순간
인류에겐 대혼란이 올 것이다
모든 비밀이 풀리고 새로운 시대가
열릴 것이다

- 해저 밑바닥 -

바지에 피클 국물을 엎었다.
아.. 어제 먹다 남은 피자를 먹으려다가
엎어버렸다. 왼쪽 허벅지쪽부터 양말까지
피클 국물로 물들었다. 냄새가 역겹다.
엄마가 "식초라 날라가 그냥 입고가"
흠 진짜 그런가.. 그냥 입고 나가기로
했다. 하루종일 피클 냄새가 난다. 운전
할때도 피클 냄새가 난다. 친구를 만났
는데 친구가 물어본다. "너 피클 쳐먹었니?"
편의점에 갔는데 피클 냄새가 날까봐
한 발 떨어져 계산을 했다. 계속 피클
새끼 냄새가 난다. 저녁쯔음 되니 향이
사라졌다. 이제 아무리 맡아도 냄새가
나질 않는다. 급 보고싶다. 피클 냄새가.
조금 싫어도 조금 귀찮아도 내 옆에 바보
처럼 따라다녔던 피클 냄새가 그립다.
피클 냄새야 내가 뒤늦게 깨달았구나
다음엔 더 잘해줄께 기회가 되면 또 내
바지 위에 엎어져주렴

- 피클 냄새 -

팻두 박사입니다! 벌써 챕터3가 끝났네요. 그림을 시작한지 3달이 지났는데요. 정말 매일매일 밤새 그림만 그렸던 것 같아요. 뭔가에 집중해서 이렇게 올인할 수 있다는 게 정말 큰 행복같아요! 캬캬캬 오늘은 뇌를 꺼내서 주름 사이에 있는 물기를 말리는 작업을 하고 있답니다. 요즘 뇌를 꺼낼 때마다 이물질?이 들어가는 이상한 기분이 들어서 오늘은 유리관에 넣어서 작업을 하고 있습니다. 캬캬캬캬 벌써 11월1일인데요. 다음주부터 출판사를 찾으러 긴 여행을 떠납니다. 지금 그리는 책을 여러분들께 보여드리고 싶어서 열심히 준비 중입니다! 이제 명암 넣는 방법도 알게 됐고 (포토샵에서 멀티플라이 라는게 있더라구요! 요걸로 열심히 연습 중!) 나한테 맞는 펜도 찾아서 (토픽 0.5mm) 그림이 조금 더 제가 원하는 대로 나오고 있어요~ 아직 너무 많이 부족해서 이걸 책으로 낼 수 있을까..걱정도 많지만 끝까지 달려보려고 합니다! 제 열정을 보여드리고 여러분도 새로운 뭔가에 도전할 수 있는 용기를 드리고 싶으니까요! 캬캬캬 남은 이야기들도 재밌게 들어주세요~ 항상 행복하시길 빕니다~~~!

팅

으ㅇ

드라이기 →

CHAPTER 4
천죠(天鳥)의 공격

천국의 새 천조(天鳥)
뇌를 연구하다 4차원의 세계를 열어버린 박사의
실수가 천국의 새를 지구를 불러들이는 결과를
낳았다. 천조는 천국을 지키는 새. 용의 비늘을
가지고 있고 엄청난 불을 내뿜는다.

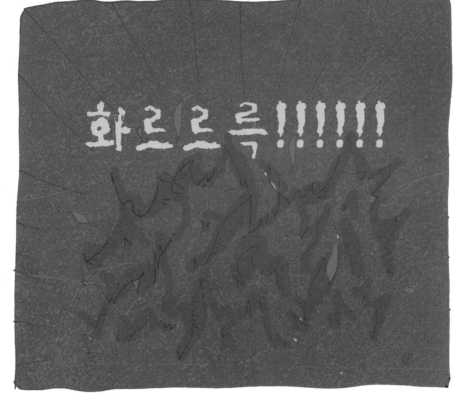

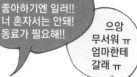

CHAPTER 5
동료 모집!!

그만 싸워! 지구가 위험이 빠졌어!

쓸데없는데 힘 소비하지 말고 너네

힘이 정말 필요한 곳에 도움을 줘!

그게 맞는거야! 자 따라와!

친구들아! 우리를 도와줘!
잘못 색칠 된 사자야! 코끼리야!
달리는 강아지! 낙타! 모두들
손을 내밀어 줘. 그렇게 멍때리면서
쉬기엔 너네들을 필요로 하는 곳이
많아. 자 일어나! 일어나서
날 따라와!

우와! 너 괴물을 죽이는데 성공했구나!

강하다! 좋아! 우리에게 힘을 빌려줘!

지금 지구가 위험에 빠져있어!

너라면 천조를 죽이는데 큰 도움이

될거야! 손을 잡고 힘을 키우자!

얘들아!! 눈을 떠!!

그렇게 살지마! 정신 차리는거야!

병아리가 됐다고 생각을 못하는건

아니잖아! 자존감을 높여! 다시 일어나!

그러기 위해서 함께 싸우는거야!

힘을 합쳐 천조를 죽이고 우리도 할 수

있다는 자신감을 되찾자! 자 가자!

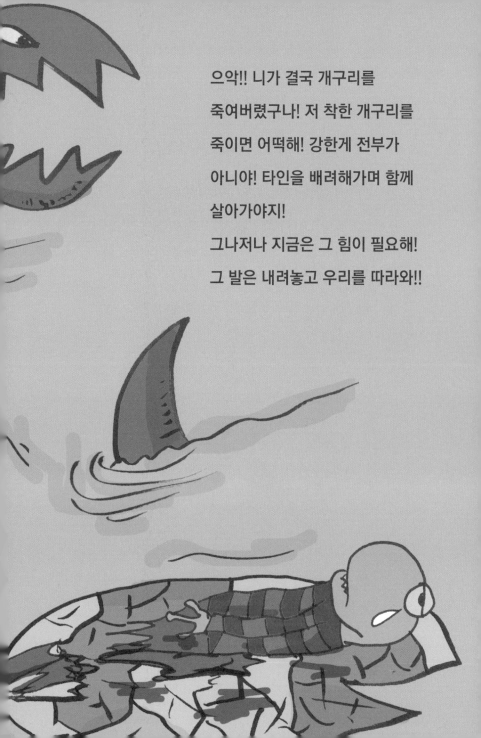

으악!! 니가 결국 개구리를
죽여버렸구나! 저 착한 개구리를
죽이면 어떡해! 강한게 전부가
아니야! 타인을 배려해가며 함께
살아가야지!
그나저나 지금은 그 힘이 필요해!
그 발은 내려놓고 우리를 따라와!!

술에 지는 누나다!!

누나!!! 오늘도 만취했구나!!

누나 우리를 도와줘! 취권으로

천조의 머리를 공격해줘!!

취한 여자보다 강한 여자는 없다고

들었어!! 누나 부디 함께 해줘!!

얘들아!!

아!!

!!!!!!!

CHAPTER 6
팻두 스페셜

까야~

프로필 사진 촬영

서타이거 형님께서 찍어주신 사진! 스튜디오에 있는 책을 아무거나 가져와서 펼쳤는데 저런 먹음직스러운 사진이 짠..
방금 밥 먹고 왔는데 저건 들어갈 것 같다. 아 그 얘기가 메인이 아니라; 아무튼 프로필 촬영을 했다 ㅋㅋ 팻두 사진들은

생각보다 팻두스럽게 나오지 않아서 이 사진이 제일 마음에 드는 사진이 되어버렸다. 손가락은 뭐가 저리 쑥스러운지
오글거렸는지 외계인처럼 꼬았지 뭐 그래도 상당히 마음에 든 이유는 내가 좋아하는 타투가 이쁘게 찍혀서랄까.

리락쿠마를
사랑해버린 팻두

사진, 글 : 팻두

지금 봐도 오덕의 끝이네요 ㅎㅎ 지금 차는 아니고 작년까지 탔던 차입니다 ! (지금 차는 푸우입니다 케케)
사진의 차는 뉴비틀 카브리올레인데 이 차의 특징이 앞 대시보드가 엄청 넓다는 것! 인형을 저렇게 올려놔도
시야에 크게 문제가 안될 정도로 넓습니다! 그래서 마구마구 리락이들을 불쌍하게 구겨 넣었었죠.
중간 중간 깨물어주고 싶은 애들이 보이죠?

너무나도 사랑스러운 리락쿠마!

이게 참 오덕이 아닌 사람들은 이해하기 힘든 뭐라 표현하기 어려운 감정인데
그냥 쉽게 표현하면 보고만 있어도 흐뭇한 뭐 이런 느낌? 캐릭터 자체도 너무
사랑스럽고 그 어떤 시리즈보다 엄청난 신제품들이 쏟아져 나오는 리락이들.
한정판도 너무 다양해 하나도 빠짐없이 모으는 행위 자체가 불가능한 캐릭터
인형. (사실 일본의 대다수의 캐릭터 상품들이 그렇지만..)
아무튼 리락쿠마는 정말 대단하다! 국내에도 리락쿠마 라이센스를 가지고 있
어서 다양한 제품들이 나오고 있는데 딱히 매니아가 아니더라도 국내 제품인
지 일본 제품인지 알 정도로 퀄리티 차이가 있다.
국내에서는 홍대에 있는 "위트와 콤마"라는 샵에 가면 일본 정품 리락쿠마들이
엄청나게 쌓여있으니 매니아들 또는 여친에게 선물해주고 싶은 남정네들은
검색해서 찾아가보도록! 난 주로 일본 여행에 갔을 때 리락쿠마를 구입한다.

일본 중고제품 파는 곳에 가면 마리당 105~210円 짜리 녀석들을 쉽게 구입
할 수 있다. 비싸도 300-400円 수준! 큰 녀석들도 500-800円 정도면 구매
가능! 일본은 말이 중고지 포장도 뜯지 않고 소장하던 새제품을 판매하는 곳이
대부분이라 좋은 제품들을 저렴하게 구매할 수 있다.

◀ 집에 남아있는 큰 리락이들! 유치원 옷을 입은
코리락쿠마(하얀색 리락쿠마)는 길거리 공연을
하던 도중 팬에게 선물했다.

▶ 보통 일본에 한번 갈때 구입하는 리락쿠마들
저 정도 양이면 (리락쿠마만) 8000~10000円
정도에 구입 가능하다. (8~10만원) ※중고라
상황에 따라 재고가 다르지만 가장 상품이 많은
곳은 도쿄 나카노에 있는 만다라케 본점 그리고
아키하바라순이다. 오사카는 덴덴타운.

팻두의
초딩시절그림
special

어릴때도 또라이

초딩때 그린 그림을 아직 가지고 있다. 전부는 아니지만
연습장 4-5권정도. 이런날을 위해 오늘까지 열심히 배란다
에 보관했었나 보다. 간만에 펴보니 기가 막힌다ㅋㅋ 어릴
때도 잔인한걸 좋아하고 액션을 즐겼던 모양이다. 그때
그 어린 시절. 그 일부를 여러분들과 함께 나누려고 한다.
아이 팻두의 그림~ 잠시 감상하시죠 케케

글·그림·편집 / 팻두

팻두 징그러워 병신

와 기가 막힌다 진짜 ...

다른 건 모르겠는데 맨 오른쪽 아래 그림을 봐라. 진짜 기가 막힌다. 아마 좋은 의미는 아닌듯 싶다. 참으로
징그럽고 잔인하다. "미래"라는 제목으로 그려진 그림인데 척추를 뽑아 먹고 있는 듯 하다. 왜 어릴 때 저런
상상을 했을까. 뭐 좀비던 뭐던 다양한 생각이야 할 수 있지만 그림으로 저렇게 표현했다는 건 충격이다.
나 상당히 정상적인 아이였는데... 잔인한걸 꽤 즐겼나보다. 앞에서 말했듯이 때려 죽이고 살인하는 영화는
잘 못 본다. 그냥 내가 표현하는 음악이나 그림에서의 잔인함은 내 머릿속에서 그다지 징그럽지 않게 느껴
지나부다. 그래도 저 그림은 징그럽다-_-; 뭐 저 그림의 셀프 디스는 여기까지, 초딩 팻두에 대해 이야기
해보자. 아 여러분들이 궁금해하는 팻두 노래 중 "당서 초등학교 5학년 5반 임은정" 맞다 실화다. 실제로
당서 초등학교 (그때 당시엔 당서 국민학교)를 다녔었고 5학년 5반이었다. 짝꿍 임은정이란 소녀와 순수한
사랑 감정을 공유했고 노래 가사 그대로 그렇게 결론이 났다. 아마 쑥스러워서 엿을거다.
상당히 많이 좋아했는데 왜 그 나이땐 좋아하는 사람을 괴롭히면서 관심을 받으려고 했었는지.
귀엽기도 하지만 너무 불쌍하지 않나. 소녀의 마음을 얻으려 하는 그 순수한 어린 소년의 행동들이
"엄마 엉엉 쟤가 나 싫어해 괴롭히고 때려" 이런 반응으로 결론 난다는 게... 얼마나 마음 아픈 짝사랑인가.
뭐 그러기에 순수할 수 있고 그러기에 더 아름다운 시절이 아니었나 싶다. 말 나온 김에 고백하자면 내
첫사랑은 초등학교 2학년! 이름도 기억난다. 최수정이라는 짝꿍이었다. 통통하니 귀엽게 생겼던 기억이
난다. 이유는 모르겠지만 난 그녀에게 그림을 그려주는걸 좋아했다. 그때 당시 유명했던 "타이의 대모험"
이라는 만화가 있었는데 거기에 나오는 공주를 그리다 내 실력으로는 무리라는걸 깨닫고 큰 누나한테
그려달라고 졸랐던 기억이 있다. 큰 누나가 그때 그림을 잘 그렸던 기억이.... 가물가물.. 이렇게 글을 쓰면서
회상하니 그립다는 표현보다는 신기하다는 표현이 더 어울릴 듯 하다. 나도 어릴때가 있었구나..... 신..기하다...
뭐 어쨌든 난 지금! 가장! 행복하다! 오늘도 자는 시간이 아까워서 "오늘 하루도 잘 지냈어" 라고 스스로
칭찬 해주고 싶어서 이렇게 이 새벽에 글을 쓰고 있다!

2015. 11 오사카 여행

일본을 너무 좋아한다. 일본 여행만 25번 이상 다녀올 정도로 일본에 대한 애정이 깊다. 화려하고 귀여운 캐릭터들이 살아 숨쉬는 곳이다. 오사카 유니버셜 스튜디오나 도쿄 디즈니 씨에서는 정말 꿈 속에서 노는 듯한 완벽한 만족감을 선물 받는다. 이번 여행은 사람들을 많이 만났다. 이야기를 나누며 정을 나눴다. 너무너무 행복했다. 왜 이런 만남이 추억이 돼야 되는지 억울할 정도로. 다들 너무 고맙고 사랑하고 방가웠고 꼭 또 봤으면 좋겠고 어디에서나 항상 행복하기를 빈다. 타국이기에 더 의지하고 금방 친해졌지만 어디든 어디에서든 좋은 사람을 만난다는 건 정말 행복한 일이다. 이번 여행이 또 나를 변화 시켰다. 이런 여행을 위해 이런 인연을 위해 더 열심히 살아갈 것이며 이런 고마움을 잊지 않기 위해 책에 내 마음을 표현하고 음악으로 나눌 것이다. 더 더 멋진 사람이 돼야지. 더 좋은 사람이 돼야지. 그래서 항상 따뜻한 에너지를 품고 살아야지. 그래서 많은 사람들에게 내가 느낀 행복을 나눠주고 나도 그런 사람들을 만나서 행복하게 살아야지. 여행이란 참 좋다. 여행으로만 느낄 수 있는 강한 무언가가 있다. 사람은 원래 반짝이며 태어난다. 거센 파도와 모래가 쌓여 빛이 덮혀질 뿐. 그럴 때 떠나는거다. 스트레스를 바람에 날려 다시 반짝일 수 있게.

여기는 팻두가
사는 방입니다!

피규어를 모은지는 5년 정도 된 것 같다. 말이 5년이지 초반 2년 정도 열정적으로 수집하다가 전시 공간이 없어서 급 멈춰버렸다. 이미 집 안 구석구석 꽉꽉 채워져 있다. "왜 이런 장난감을 사?" 라고 물으면 술과 담배를 안 하고 그 돈으로 산다! 라고 하지만 사실 술과 담배를 했어도 샀을거다. 어릴 때부터 귀여운 걸 보면 소장하고 싶은 욕구가 많았다. 인형이든 모자든 장난감이든 보고만 있어도 기분이 좋아지고 맑아지는 느낌이랄까. 캐릭터에 대한 욕구가 엄청난듯 하다. 그래서 자연 스레 일본도 좋아하고 만화도 좋아하고 그러는거 같다. 가장 좋아하는 피규어는 핫토이라고 하는 홍콩 브랜드 피규어였는데 (사진에 보이는 유리 전시관의 대부분을 차지하고 있는 영화관련 피규어) 요즘엔 조형왕이라는 녀석들에 꽂혀있다. 드래곤볼 원피스 등 만화에서 튀어 나온듯한 표정과 역동 적인 몸짓을 그대로 표현한 시리즈이다. 가격도 2-3만원대로 상당히 저렴하고 국내 사이트에서도 구하기 쉽기 때문에 많은 사랑을 받는 녀석이다. (검색해 보세요^^) 공간 부족으로 앞으로도 좀 자제해야겠지만 피규어에 둘러쌓여 사는 공간이 나에겐 너무나도 당연하기에 완전 꽂힌 녀석들 위주 로만 쇼핑을 할 계획 ㅎㅎ! 여러분들도 부담스럽지 않은 작은 녀석들 위주로 수집해보는건 어떨까! (구매 강요로 이상하게 마무리)

▶ 옆에 사진은 방! 문! 뒤! 팔찌와 목걸이 그리고 목에 거는 지갑들이 있는 공간! 지갑이 언젠가부터 귀찮아져서 목에 거는 인형들에 집착하기 시작했다. 거의 대부분이 디즈니 스토어에서 구매한 제품! 디즈니라는 단어만 들어도 설레이는 난 …

▶ 베어브릭과 원피스 피규어들이 보인다. 저기 보이는 미키 도날드 스티커는 투명 라벨지에 캐릭터를 프린트해서 벽에 붙인거다. 개인적으로 상당히 좋아하는 용지ㅎ FATDOO STORY는 뭔가 방을 회사처럼? 꾸미고 싶어서 인터넷에서 주문한 것. 가까이서 보면 상당한 퀄리티!! 글씨도 하나하나 다 따서 입체감이 살아 있고 캐릭터도 단순 프린터가 아닌 입체로 되어있다. 12만원정도 했던 기억. 작은건 물론 저렴하다! 자신만의 로고가 있으신 분은 하나씩 방에 두셔도 좋을듯!

▶ 여기는 망원동에 있는 팻두 사무실! 집에서 자리를 잡지 못하고 방황하던 녀석들을 데려와 쌓아놨다. 개인적으로 귀여운 양말을 좋아한다. 선물해 주기도 편하고 보관하기도 쉬워서가 그 이유.

잠시 팻두의 소장품들을 감상해보세요~

이제 우리 함께 수집해 보아요~

끝 감사합니다.

땡스투

너무 감사해서 "🖊️🈲"
손으로 직접 씁니다. 우선 이런
부족한 책을 출판해주신 '책과나무'
감사드립니다. 그리고 책에 대해
모든걸 알려주시고 도와주신 태산
인니고 '전노호 이사님' 너무 감사!!
그리고 우리 가족, 강아지 미미. 🈲
그림에 도움을 준 여희. 타이미.
나무인형을 사주며 포즈 연습
하라던 윤쌔껀. 그 밖에 내

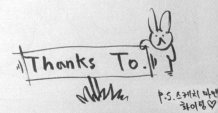

Thanks To.

P.S. 스케치 마센
화이팅♡

옆에서 항상 응원 해주는 친구들
다 쓸수는 없지만 너무 고마움!!
덕분에 정신적으로 의지해가며
여기까지 왔어요! 항상 모두 행복
가득하고 좋은일만 있기를 빌어요!
책 구매해주신 분들! 팻두 팬들!
팅커팻 들! 그리고 이 책으로 작게
팻두를 알게 된 분들 모두 모두
사랑합니다! 감사합니다! 우리
항상 행복해요〰️!!'☺️
팻두 '15